नीरमती

नीरमती

विद्या विंदु सिंह

ज्ञान गंगा, दिल्ली

प्रकाशक : ज्ञान गंगा, २०५-बी चावड़ी बाजार, दिल्ली-११०००६
सर्वाधिकार : सुरक्षित / संस्करण : 2017 / मूल्य : तीन सौ रुपए
मुद्रक : नरुला प्रिंटर्स, दिल्ली ISBN 978-93-80183-20-6

NEERMATI *novel* by Smt. Vidya Vindu Singh ₹ 300.00
Published by Gyan Ganga, 205-C Chawri Bazar, Delhi-110006

ममतामयी माँ श्रीमती प्राणदेवी
(महाप्रयाण ३१ मई, २०१०)
की पुण्य स्मृति को
साश्रुनमन

❖ ❖ ❖

प्रिय बंधु श्री रणवीर सिंहजी
(पूर्व प्राचार्य बी.एन.के.बी. महाविद्यालय, अकबरपुर, अंबेडकरनगर)
को सादर,
जिन्होंने इस कृति को सार्थक नाम दिया।

स्त्री नीरमती है, नदी है…

डॉ. विद्या विंदु सिंह का उपन्यास 'नीरमती' पढ़ते हुए अनायास मेरी आँखों के सामने महिलाओं के विरुद्ध अपराध (Crimes against Women) पर केंद्र सरकार की रपट के आँकड़े फ्लैश होने लगे, जिसमें बताया गया है कि भारत में प्रत्येक चालीस मिनट पर एक महिला के साथ बलात्कार होता है; यानी एक महीने में १२७५ और एक वर्ष में १५,३०० महिलाएँ बलात्कार की शिकार होती हैं। यौन-हिंसा भारतीय समाज की ऐसी विडंबनापूर्ण सच्चाई है, जो पौराणिक काल से लेकर आज तक मौजूद है और बद से बदतर होती रही, लेकिन समाज इससे निजात नहीं पा सका। शायद इसलिए, क्योंकि इस समस्या के मूल में सामाजिक विकृति नहीं, बल्कि युगों-युगों से संचित पुरुष का आदिम दंभ है, जिसका खामियाजा हर युग की स्त्री ने भुगता है और नीरमती के रूप में आज भी भुगत रही है।

'नीरमती' उपन्यास यौन-हिंसा और इससे जुड़ी दूसरी समस्या अविवाहित मातृत्व को केंद्र में रखकर लिखा गया है। निःसंदेह उपन्यास में स्त्री विमर्श मौजूद है, लेकिन उपन्यास समस्या का समाधान अपने ढंग से करता है। कहना न होगा, यह समाधान आधुनिक सोच के विपरीत और प्राचीन भारतीय मूल्यों के अनुरूप है। समस्या का समाधान अरेंज विवाह के रूप में दिया गया है। हालाँकि इस विवाह में पूर्वानुराग का ईषत् स्पर्श भी है। उपन्यास के इस स्वरूप को दृष्टिगत रखते हुए संभवतः कुछ लोग इसे आदर्शोन्मुख यथार्थवादी श्रेणी का उपन्यास मानते हुए प्रेमचंद परंपरा का उपन्यास मानना चाहें, परंतु यह स्वीकार करने में मुझे रंचमात्र भी बाधा नहीं है कि आज बौद्धिकता के अतिशय आग्रह

के कारण बोझिल हो रहे कथा-रस से शून्य होते जा रहे और प्रायः वर्ग विशेष तक सीमित हो गए आधुनिक उपन्यासों के मध्य 'नीरमती' अपनी पठनीय विशेषता के कारण मरुभूमि में ठंडी हवा की छुवन जैसा सुखद अहसास दिलाता है।

सरसरी दृष्टि से देखने पर लेखिका की सोच पुरातनपंथी और परंपरावादी होने का भ्रम पैदा कर सकती है, पर ऐसा नहीं है। एक कुलीन ब्राह्मण युवक के साथ पिछड़ी जाति की युवती का विवाह दिखाना अनायास नहीं है। यह लेखिका की आधुनिक सोच का परिणाम है, जिसे उन्होंने सहज स्वीकार्य तर्क के साथ प्रस्तुत किया है—'कन्या की कोई जाति नहीं होती, वह तो जिस कुल-गोत्र में जाती है, उसी कुल-गोत्र की हो जाती है।' दरअसल, विद्या विंदुजी न तो पूर्णतः प्राचीन मान्यताओं की पक्षधर हैं और न पूरी तरह आधुनिक मान्यताओं की विरोधी; जहाँ का जो शुभ है, कल्याणकर है, उन्हें वही वरेण्य है। इसलिए अगर पश्चिमी ढंग का बफे सिस्टमवाला भोज उन्हें गिद्धभोज लगता है और बड़ी ललक के साथ जमीन पर पंगत बैठाकर मनुहार कर-करके भोजन खिलानेवाला परंपरागत भारतीय भोज याद आता है तो वहीं बेहिचक वे प्रदीप से कहलवा देती हैं—'पश्चिम के लोग अपने देश के प्रति कितने निष्ठावान् और ईमानदार हैं, परिश्रमी हैं, पर हम उनकी अच्छाइयों का प्रभाव ग्रहण नहीं करते।'

विदुषी लेखिका डॉ. विद्या विंदु सिंह लोक साहित्य की मर्मज्ञ विद्वान् हैं। उनके व्यक्तित्व के इस रंग से उनका उपन्यास भी अछूता नहीं रह पाया है। अनायास ही लोकगीतों, लोक संस्कारों और लोक विश्वासों के उद्धरण रूप में ये रंग छलक-छलक पड़े हैं और जहाँ-जहाँ छलके हैं, वहाँ-वहाँ मार्मिकता निश्चित रूप से बढ़ी है।

उपन्यास में सीधी-सरल कथावस्तु के साथ भाषा और शिल्पगत सादगी का सुंदर तालमेल हुआ है। यह सादगी और सरलता उपन्यास का धनात्मक पक्ष है, जो पाठक को उपन्यास में प्रविष्ट होने के बाद ठहरने का अवकाश ही नहीं लेने देता और पाठक बगैर किसी बाधा के उपन्यास को एक बैठक में ही समाप्त कर देता है। वस्तुतः सामाजिक सरोकार के साथ पठनीय रोचकता का यह समन्वय लेखिका के सधे हुए लेखन का परिणाम है।

अंत में कुछ शब्द शीर्षक के बारे में भी। 'नीरमती' यानी नदी। अपने व्यापक अर्थ में यह शीर्षक स्त्री विशेष तक सीमित न रहकर जैसे स्त्री जाति का व्याख्यायक बन गया है—हर स्त्री मानो एक नीरमती है, जो हर झंझावात को झेलती है, फिर भी आगे बढ़ती रहती है—करुणा और ममता के दो तटों में बँधकर।

ए.पी. सेन मेमोरियल गर्ल्स
पी.जी. कॉलेज, लखनऊ

—डॉ. निशा गहलोत
उपाचार्य हिंदी

कैसी है नीरमती?

'नीरमती' उपन्यास एक ऐसी भारतीय ललना की कहानी है, जो विषम परिस्थितियों से जूझती हुई हताश होकर एक बार मृत्यु का वरण करने की कोशिश करती है; किंतु फिर अपने जीवन को तपने के लिए तैयार कर लेती है। लोकनिंदा के भय पर उसकी ममता विजय पा जाती है और वह संघर्ष के मार्ग पर निकल पड़ती है। नीरमती का नाम उसके गाँव में बहने वाली एक नदी के नाम पर उसके पिता ने रखा, और नीरमती ने अपने नाम को सार्थक करते हुए अपना जीवन-प्रवाह बनाए रखा। मार्ग में आनेवाले अवरोधों को झेलती हुई वह आगे बढ़ती रही।

इसी समाज में यदि दुराचारी और वंचक हैं जो केवल दु:ख और अपमान देते हैं, कुछ लोग ऐसे भी हैं जो अपने निजी स्वार्थ के लिए किसी की मजबूरी का लाभ उठाते हैं, तो कुछ ऐसे भी लोग हैं जो आश्रय देकर छाँह भी बन जाते हैं। नीरमती अपने परिश्रम और सौजन्य से इस तरह की छाँह पाती है और उस छाँह के हाथों में अपना भविष्य सौंप देती है।

भारतीय समाज में किसी बालिका के साथ यदि दुराचार हो जाता है तो उसे सहानुभूति तो मिलती है, किंतु वह अपराधिनी के रूप में समाज ही नहीं, अपने माता-पिता द्वारा भी अपयश के भय से अलग कर दी जाती है। ऐसी स्थिति में प्रबुद्ध वर्ग की मातंगी देवी जैसी स्त्रियाँ आगे बढ़कर उसे न्याय दिलाने का प्रयास करती हैं, तो लगता है कि भारतीय संस्कृति के प्रति समाज में आस्था अभी बची हुई है।

अंजना नाम की एक नि:संतान युवती की व्यथा से कथा प्रारंभ होती है,

जो पारिवारिक जीवन के साथ तालमेल बैठाने की कोशिश करती हुई अपने मन की कारा तोड़कर अपना प्राप्य पाने के लिए तत्पर होती है। उसके मन का अंतर्द्वंद्व उसे कहीं मुक्त करता है तो कहीं उसे और तोड़ देता है। पुरुष-प्रधान समाज में स्त्री की त्रासद स्थिति को स्पष्ट करता है उसका व्यक्तित्व। नीरमती उसके लिए वरदान बनकर आती है, जो अपने जुड़वाँ बच्चों में से एक को उसकी गोद में डालकर उसके जीवन में खुशियाँ भर देती है।

आधुनिक स्त्री की स्वेच्छाचारिता और भौतिक सुखों की प्यास आज सीधे-सरल, भले लोगों को किस तरह खून के आँसू रुलाती है, इसका कड़वा सच भी प्रदीप की पत्नी के रूप में उजागर हुआ है; दूसरी ओर महिला अधिकारियों में संवेदना की गूँज हो तो न्याय देने में देर नहीं होती, यह उपन्यास की अधिकारियों के चरित्र बताते हैं। वहीं यह भी स्पष्ट हुआ है कि राजनीतिक बैसाखियाँ ज्यादा दिनों अन्याय का साथ नहीं दे पातीं।

एक गाँव की लड़की महानगर के सागर में अकेली जीवन की राह ढूँढ़ती है और उसे राह मिल जाती है।

नीरमती नदी की वह प्रवाहमयता है, जिसमें जीवन है, जो सबको जीवन देने में अपने जीवन की सार्थकता पाती है। नीरमती लांछित, मर्माहत स्त्री का वह सत्य है, जो अपमानित होती है, पर ममता की शक्ति से जीवन का क्षय नहीं होने देती। वह आग में तपती, निखरती, कुंदन बनकर मूल्यवान हो जाती है। उसके जीवन का सच ऐसा यथार्थ है, जो चारों ओर दृष्टिगोचर होता है, पर वह एक स्वप्न सी दुर्लभ और अकल्पनीय भी लगती है, तभी हर परिवार का सपना बन जाती है। अवांछित, अविवाहित मातृत्व को गरिमा देते-देते वह मातृत्व की साकार विग्रह बन जाती है। आज के युग में नीरमती सपना सी लगती है, पर आज भी उसका अस्तित्व है। हाँ, यह कहा जा सकता है कि 'गुण न हेरान्यो गुण ग्राहक हेरान्यो है।'

जीवन भर शिक्षा देने का दंभ पालने वाले शिक्षकों में आज भी मातंगी जैसी गुरु और माँ मिल सकती हैं। किसी के दु:ख से पिघलकर उनके जैसी बन सकती हैं।

बालिकाओं की शिक्षा और सुरक्षा व्यवस्था पर आज प्रश्न-चिह्न लग रहे

हैं; दंड संहिता का खोखलापन बेनकाब हो रहा है। समाज और राजनीति के दोमुँहे साँप के चेहरे देखे जा रहे हैं, पर आज केवल देखने की नहीं, उन्हें बदलने की जरूरत है। 'नीरमती' के पात्रों की यह कोशिश किसी के मन में कुछ सुगबुगाहट जगा सके तो नीरमती का जन्म सफल हो जाएगा।

इस उपन्यास में कुछ ऐसे अन्य प्रश्न भी हैं, जो समाज के सामने सदैव प्रस्तुत होते रहेंगे। मैंने उपन्यास के शिल्प के बारे में कोई कोशिश नहीं की है, केवल सहज-सरल भाषा में नारी-मन का अंतर्द्वंद्व व्यक्त हुआ है। पाठकों को नीरमती के सुख-दुःख यदि छू-भिगो सकें तो मेरा लिखना सार्थक होगा। इसमें बहुत सी कमियाँ होंगी, जिन्हें प्रबुद्ध पाठकों से जानना चाहूँगी, जिससे कि अपने लेखन की दिशा में सुधार कर सकूँ।

मैं प्रिय बहन निशा गहलोत के प्रति शुभकामना व्यक्त करती हूँ, जिन्होंने इस कृति को महत्त्वपूर्ण माना। मैं उन सभी के प्रति कृतज्ञ हूँ, जिनका सहयोग शारीरिक या मानसिक रूप से मुझे मिला। मैं अपने पाठकों की कृतज्ञ हूँ, जिन्होंने अपने पत्रों और दूरभाष से मेरी लेखनी को प्रोत्साहन दिया।

—विद्या विंदु सिंह

श्रीवत्स ४५, गोखले विहार मार्ग
लखनऊ-२२६००१

नीरमती

नन्ही कुमकुम की किलकारियों से आँगन गूँज रहा था। अंजना के चेहरे पर अजीब सा असमंजस था। कभी वह नन्ही किलकारियों से विभोर हो रही थी, कभी उसके चेहरे पर अभावों की झलकती रेखाएँ उभर रही थीं। वह स्वयं ही अपने मन को नहीं समझा पा रही थी। उसे क्या होता जा रहा है? खुशी के माहौल में बेवजह खिलखिला रही होती है, तभी उदासी की एक चील झपट्टा मारकर उसकी हँसी ले उड़ती है और चेहरे पर एक काली स्याही की पूरी दवात उलट जाती है।

कुमकुम उसकी इकलौती ननद सुस्मिता की प्रथम संतान है। अभी पिछले साल ही तो अंजना ने दूब-चावल से उसका कोंइछा भरकर उसे विदा किया था। दो महीने बाद ही पहली बार ससुराल से सुस्मिता लौटी तो चेहरे पर आलोक और शरीर में भराव आ गया देखकर उसकी सहेलियाँ चुहल करने लगी थीं—भाभी, देखो, सुस्मिता कुछ चुरा लाई है न!

अंजना ने ध्यान से देखा तो सुस्मिता ने लजाकर सिर झुका लिया। उस समय भी अंजना के मन में खुशी की एक लहर दौड़ी और तुरंत मन कसमसा गया था।

□

अंजना के विवाह को सात वर्ष हो चुके थे। उसे अपने मायके की पहली पहुँच याद आ गई थी। भाभियाँ और सहेलियाँ उसको खोद-खोदकर पूछ रही थीं। सोंठौरा कब खिला रही हो, अंजना?

अंजना ने भी इसी तरह शरमाकर सिर झुकाया था और फिर बड़े चाव से

बोली थी कि अभी इतनी जल्दी क्या है ? ये तो कहते हैं कि इतनी जल्दी कें-कें, पें-पें मुझे नहीं चाहिए। कुछ दिन घूम-फिर लें। मौज-मस्ती कर लें।

उस समय अंजना को किंचित् भी अहसास नहीं था कि यह मौज-मस्ती, यह घूमना-फिरना कितना निरर्थक लगने लगेगा।

दूसरी बार आने पर माँ ने बड़े प्यार से पूछा था—'बेटी ! तुम लोग कोई उपाय तो नहीं करते हो। यदि ऐसा नहीं तो दो साल हो गए। मुझे तो चिंता होने लगी है।' तब तक अंजना के मन में भी चिंता का प्रादुर्भाव हो चुका था। माँ के प्रश्न का उत्तर उसने केवल ना में सिर हिलाकर दिया था।

माँ ने फिर पूछा, "किसी डॉक्टर को दिखाया ?"

अंजना बोल उठी—"नहीं माँ! किसी ने कहा ही नहीं।"

अंजना को याद आया, एक दिन पड़ोसन ने सासजी से कहा था—'रवि की माँ! बहू की गोद अब तक भर जानी चाहिए।'

सास बोली थीं—'अभी तो खेलने-खाने के दिन हैं। इतनी जल्दी क्या है ?' पड़ोसन चुप लगा गई थी।

□

एक दिन माँ अंजना को लेकर डॉक्टर के यहाँ पहुँच गईं। वह डॉक्टर रिश्ते में माँ की ममेरी बहन के नाते मौसी लगती थीं।

परीक्षण के बाद डॉक्टर ने कहा था—यह तो एकदम ठीक है, इसके पति को एक जाँच करानी होगी, मैं लिख दे रही हूँ। इस जाँच की रिपोर्ट मुझे दिखा दीजिएगा।

अंजना को लगा कि उसके सिर से भन्नाता हुआ कोई तीर निकल गया हो। उसे याद आया, एक दिन वही पड़ोसन ताईजी अंजना से बोली थीं—'बहू ! तू रवि से कहकर डॉक्टर को दिखा ले। तेरी सास तो अजब खोपड़ी की है। दुनिया में सासों को ही जल्दी रहती है, पर तेरी सास तो ऐसे निश्चिंत बैठी है जैसे कि पूछो नहीं। रवि इकलौता है, तुम्हीं लोगों से वंश चलना है, फिर भी इतनी निश्चिंतता ? ताज्जुब है !'

अंजना के मन में पड़ोसन ताई उद्वेलन छोड़ गई थीं।

रवि घर आया तो अंजना की उदासी देखकर प्रश्नसूचक निगाह डाली। अंजना कोशिश करके भी उस दिन मुसकरा न सकी थी।

वह प्रतीक्षा करती रही कि रवि उसकी उदासी का कारण पूछे तो अपनी बात कहूँ। पर रवि थकान का बहाना करके सो गया था या सोने का नाटक कर रहा था।

उस दिन अंजना को उसका नाटक नाटक नहीं लगा था और वह उसकी थकान दूर करने के लिए उसके सिर पर मालिश करने लगी थी। बीच-बीच में उसको लगता कि रवि अभी अपने माथे पर रखा उसका हाथ थामकर पूछेगा—'अज्जू! क्या बात है, क्यों सुस्त हो?'

पर ऐसा कुछ नहीं हुआ और पहली बार अंजना को लगा था कि यह दुःख मेरे अकेले का है। इसका साझीदार क्यों नहीं मेरा दुःख बाँट रहा है?

प्यार की वर्षा करनेवाले, उसके रूप पर न्योछावर होकर खुलकर तारीफ करनेवाले उसके प्रिय ने इस एकांत क्षण में भी आज उसे अकेला कर दिया था।

किंतु सोकर उठने पर जब रवि ने उसे पूर्ववत् स्निग्ध भाव से निहारा था तो अंजना को अपने ऊपर ग्लानि हो आई थी। ऐसे प्रिय से तो मन में भी रूठना पाप है। वह सोचने लगी थी, शायद मेरे मन की बात जान गए हैं और उसे कुरेदकर मुझे दुःखी नहीं करना चाहते।

अपनी सास के प्रति भी वह आदर-भाव से भर उठी थी। कितनी अच्छी हैं माँजी! और सासों की तरह कभी ताना नहीं दिया मुझे। उलटे जब पड़ोसन ताई ने दुबारा छेड़ा था तो उन्हीं को झिड़क दिया था।

□

आज डॉक्टर की बातें सुनकर उसे लगा कि कहीं मेरे सोचने-समझने में कोई गलती हुई है। तभी उसे एक अज्ञात संतोष भी हुआ था कि मुझमें कोई कमी नहीं है। अपने इस अज्ञात संतोष पर निरंतर विस्मय और ग्लानि होती रही बाद के वर्षों में, फिर वह लगातार निराशा के दंश से दंशित हुई।

अंजना ने डॉक्टर का वह परचा रवि को थमाया तो रवि के चेहरे पर पहली बार उसे एक नए प्रकार की तमतमाहट दिखी। अंजना सहम गई, क्या गलत किया मैंने? शायद रवि को अपनी किसी कमी के संदेह पर खीझ आ गई है। रवि ने बिना कुछ बोले परचा रख लिया।

अंजना जब भी पति की ओर मुखातिब हो पूछने के लिए कि क्या आपने टेस्ट करा लिया? रवि व्यस्तता दिखाने लगता या फिर उसके चेहरे पर फिर

वही तमतमाहट घिर आती। अंजना को महसूस हुआ कि शायद रवि में कुछ कमी है और उसे अपनी कमी के संदेह पर खीझ होती है।

फिर तो अंजना की रुपहली रातें, सुनहले दिन हवा हो गए। जाने कितनी रातों में वह बत्ती बुझाकर अँधेरे को ताकती रही और फिर कभी तकिए में, कभी अपने आँचल में आँसुओं को सुखाती रही।

रवि को जाने क्या हो गया था, वह उसकी व्यथा, उसके आँसू देखकर भी अनदेखा करता रहा। अपना अभाव क्या कम था, ऊपर से पति का व्यवहार। अंजना टूटती चली गई।

खिलते गुलाब की आभा सा दमकने-महकनेवाला उसका मुखमंडल सूखते गुलाब सा मुरझाया, काला पड़ गया। आँखों के नीचे काली झाँइयाँ पड़ती गईं।

अंजना ने जिस सास माँ को उदारमना, वात्सल्यमयी समझा था, उसने एक दिन भी उसकी ओर निहारकर नहीं पूछा कि बहू, तुम्हें क्या होता जा रहा है?

कोई उससे सहानुभूति के दो-चार शब्द क्यों नहीं पूछ रहा? उसका मन हाहाकार करने लगा।

मायके से माँ के पत्र आते—बेटी! डॉक्टर मौसी पूछ रही थीं कि दामादजी की जाँच रिपोर्ट आई कि नहीं, उन्हें क्या उत्तर दूँ? तुम पत्रों में इसका उत्तर क्यों नहीं दे रही हो?

अंजना क्या उत्तर दे? कैसे कहे माँ से कि वह किस मानसिक यंत्रणा से गुजर रही है। माँ दिल की मरीज हैं। माँ का बीमार दिल क्या मेरी पीड़ा को आसानी से सह पाएगा?

माँ को वह पत्र लिखती भी तो बस वहीं के लोगों के बारे में हालचाल पूछने के प्रश्न होते। 'यहाँ सब कुशल से हैं' से प्रारंभ करके अंत में भी इसी वाक्य से पत्र बंद करती। जैसे यह एक संपुट हो, जिसमें माँ के बहुत बड़े प्रश्न का शून्य उत्तर उसने बंद कर दिया हो।

उसके इस तरह के उत्तर माँ को सशंकित करते गए। उनसे रहा नहीं गया और वे बेटी की ससुराल—कलकत्ता नगर—में पहुँच गईं। साथ में डॉक्टर मौसी भी थीं। हुआ यह कि डॉक्टर एक सेमिनार में कलकत्ता जा रही थीं, उन्होंने माँ से अंजना का पता माँगा और बोलीं कि समय मिला तो उससे मिलकर आऊँगी।

अचानक माँ ने भी उनके साथ चलने का कार्यक्रम बना लिया तो मौसी बहुत खुश हुईं। कितने दिनों बाद दोनों बहनें सफर में सुख-दुःख बाँटने का अवसर पाएँगी।

रास्ते में माँ ने मौसी को अंजना के पत्र में प्रश्न का सीधा उत्तर न देकर और अनावश्यक लगनेवाली बातों को विस्तार से बताया, जो मौसी के मन के संदेह को पुष्ट करती गईं। वे बहन को अधीर देखकर उसे समझाने लगीं—दीदी! आप परेशान न हों, मेडिकल साइंस ने इतनी प्रगति की है कि अब ईश्वर चाहेगा तो सब ठीक हो जाएगा। वे एक होटल में कमरा लेकर रुक गईं। वहाँ से अंजना को फोन किया तो वह अवाक् रह गई।

कहीं बात और बिगड़ न जाए, क्योंकि एक दिन उसने माँ का पत्र सास के सामने रखते हुए कहा था—'माँजी! माँ बार-बार पूछती हैं, क्या उत्तर दूँ? इनसे पूछती हूँ तो कोई उत्तर ही नहीं देते, लगता है कि मेरे प्रश्न पर नाराज़ हो उठते हैं, आप ही पूछकर देखिए और समझाइए कि जाँच करा लें।'

अंजना को उम्मीद थी कि सासजी उसे कुछ आश्वस्त करेंगी और कहेंगी कि मैं रवि से पूछूँगी, समझाऊँगी कि इतना जरूरी काम क्यों टाल रहे हो?

पर यह क्या हुआ! सासजी का तो पारा चढ़ गया—'क्या मुझे चिंता नहीं है? तुम्हारी माँ को ही चिंता है? लगता है, चैन से तुम लोग जीने भी नहीं दोगी?'

अंजना सहम गई थी, उस रात वह पूरी रात कराहती रही। उसे समझ में नहीं आ रहा था कि दर्द कहाँ हो रहा है। पर कराहने से उसे आराम मिल रहा था, शायद उसे उस रात एक क्षीण आशा थी कि रवि उसकी कराह सुनकर इतना तो पूछेगा कि तुम्हें क्या तकलीफ है? पर यह भी नहीं हुआ और आशा का एक कमजोर रेशमी धागा भी टूट गया।

माँ के आने की और साथ में लेडी डॉक्टर को लेकर आने की सूचना क्या परिणाम देगी? वह आतंकित हो उठी। कहीं माँ का अपमान न हो जाए? कहीं किसी के द्वारा डॉक्टर मौसी के साथ अनादर का भाव न प्रकट हो जाए? वह क्या करे, कुछ समझ नहीं पा रही थी, पर बताना तो आवश्यक है। कम-से-कम पहले से सासजी की भावना का कुछ एहसास तो मिल जाएगा। जिसके अनुसार वह आगे कुछ सोच तो सकेगी।

अंजना ने अपने मायके में परिवार के सदस्यों के बीच कभी इतना रिजर्व और अनुशासित व्यवहार नहीं देखा या अनुभव किया था। लोग गुस्सा होते तो झगड़ा कर लेते थे। आपस में कहा-सुनी करके फिर गुबार निकल जाने पर साथ हँसते-खिलखिलाते थे। कितना सहज था, वहाँ आपस में रूठना, झगड़ना, मानना, मनाना। परिवार में किसी से बात करने के लिए इतना सोच-विचार नहीं करना पड़ता था। भाभियों को माँ उनकी गलती पर उसी तरह डाँटती थी जैसे हम भाई-बहनों को। फिर उनके रोने, रूठने, झगड़ने पर फिर से समझाने, माफ करने का दौर भी उतना ही सहज व खुला-खुला चलता था।

अंजना सास के पास आकर खड़ी हो गई। अब उसने उम्मीद छोड़ दी थी कि उससे इस घर में कोई कुछ पूछेगा—क्यों खड़ी हो? क्या बात है?

वह अपना सोच-समझकर बोलनेवाला वाक्य मन में तैयार कर चुकी थी। जल्दी में बोलकर छुट्टी पाना चाहती थी अपनी ऊहापोह से। इसलिए बोल उठी—''माँजी! मेरी माँ कलकत्ता आई हैं डॉक्टर मौसी के साथ। फोन आया था, मौसी सेमिनार में आ रही थीं तो माँ भी साथ आ गईं।''

बोलने के बाद ही अंजना को लगा कि सेमिनार में आनेवाली मौसी के साथ माँ के आने की बात कहकर जैसे वह सफाई दे रही हो माँ की ओर से। उसे अपने ऊपर क्षोभ भी हुआ, क्यों सफाई दे रही हूँ? माँ मेरी और इस परिवार की भलाई के लिए ही तो चिंतित और परेशान हैं। हृदय रोगी होते हुए भी इतनी दूर की यात्रा करके आई हैं। इसका मतलब है कि मैं भी उनके प्रति आभारी होने की बजाय उन्हें अनधिकार चेष्टा करनेवाली समझकर अदालत के कठघरे में खड़ी करके उनके बचाव का व्यूह रच रही हूँ।

सासजी ने आँखें ऊपर उठाकर बहू को एक क्षण के लिए देखा और दूसरी ओर मुख घुमाकर बोलीं, ''ठीक है, अपनी माँ का स्वागत करना, मुझे तो सत्संग में जाना है। कोशिश करूँगी कि जल्दी लौट आऊँ।''

इस वाक्य में कितना रोष था, कितनी अवहेलना थी, कितनी आत्मवंचना थी? इसे अब अंजना समझने लगी थी। एक तरह से उसे राहत भी मिली कि चलो, इनकी अनुपस्थिति में माँ और मौसी से खुलकर मिल तो लूँगी, जी भरकर बातें तो कर लूँगी।.

वह चुपचाप सास को तैयार होकर जाते देखती रही।

सासजी ने जाने से पहले यह तक नहीं बताया कि अतिथियों के सत्कार के लिए कहाँ से क्या सामग्री लेगी ? क्योंकि अभी तक माँजी ही घर का संचालन करती थीं। खाना अंजना बनाती थी, पर मीनू रोज माँजी बनाती थीं। रवि को यह पसंद है, आज खाने में यह बनेगा, नाश्ते में यह बनेगा कहकर माँजी अपने पूजा-पाठ और सत्संग में व्यस्त हो जाती थीं, पर निगाह बराबर रसोई पर रहती थी। दाल इतनी क्यों बना दी, महरी को दो रोटी की जगह आज ज्यादा क्यों दी गईं ? चीनी अभी आई थी खत्म हो गई, ज्यादा चीनी नुकसान करती है आदि हिदायतें अंजना रोज चुपचाप सुनती और कोशिश करती कि गलतियों की पुनरावृत्ति न हो। यह भी माँजी मेरे भले के लिए ही तो कहती हैं। वे चाहती हैं, मैं कुशल गृहणी बनूँ तभी तो कहती हैं—जब तक मैं हूँ, सँभाल रही हूँ, आगे तो तुम्हें ही सँभालना है, मेरा काम है तुम्हें समझाना। आगे तुम जानो। सीख जाओगी तो तुम्हारे ही काम आएगा। मेरा क्या ? अब तो जब भी बुलावा आ जाए।

पर आज माँजी यह बताना भी भूल गई थीं या जान-बूझकर टाल गई थीं कि आज क्या बनेगा ?

अंजना चाह रही थी कि माँ के आने के पहले काम समेट ले, पर इस असमंजस में कुछ नहीं कर पा रही थी। माँ-मौसी के लिए खाना बनाऊँ कि नहीं ? वह सोच रही थी।

रवि भी अभी तक नहीं लौटे थे। आने का समय तो होनेवाला है। मन में एक ललक उठी कि फोन करके बता दूँ—जल्दी घर आ जाओ, आज माँ आ रही हैं।

उसने फोन मिलाया। उधर से रवि की स्टेनो बोल रही थी। उसने बताया कि साहब के घर से फोन आया था, वे तुरंत यहाँ से चले गए। अंजना सन्न रह गई। किसने फोन किया ? क्या माँजी ने ? मगर क्यों ? कहीं माँजी के साथ कोई दुर्घटना तो नहीं हो गई ? वह परेशान हो उठी।

द्वार की घंटी बजी, वह दौड़कर पहुँची शायद रवि हो। सामने माँ और मौसी खड़ी थीं। मौसी के चरण छूकर और माँ के सीने से लगकर वह फफक उठी।

उसको इतनी अधीर देखकर माँ और मौसी घबड़ा गई थीं।

"क्या बात है बेटा ? क्यों इतनी परेशान हो ?"

माँ, मौसी को अंदर आने को कहना भी वह भूल गई थी। अंदर आकर उन्होंने सास और रवि के बारे में पूछा तो अंजना कोई दुराव नहीं कर सकी, वह सारी बातें सहज भाव से माँ से कह गई, फिर चिंताकुल स्वर में बोल उठी—"कहीं माँजी के साथ कोई दुर्घटना तो नहीं हो गई।"

सुनते ही मौसी डॉक्टर से जैसे वकील हो गईं—"तेरी माँजी सत्संग में कहाँ गई हैं? क्या वहाँ का फोन नंबर तुम्हें मालूम है?"

अंजना को तब होश आया। अरे! यह बात मेरे दिमाग में क्यों नहीं आई थी? उसने सत्संग के आयोजक निर्मल सेठ के यहाँ फोन किया तो पता चला कि सत्संग में रवि आया था। अभी-अभी माँ को लेकर यहाँ से चला गया। सुस्मिता के यहाँ जाने की बात कर रहे थे वे लोग।

बात साफ हो गई थी कि उन्होंने माँ और डॉक्टर मौसी से बचने के लिए ऐसा किया था। कुछ देर बैठकर माँ और मौसी जाने को हुईं, पर अंजना को अकेली छोड़कर जाने का मन नहीं हुआ।

मौसी ने कहा, "अपनी ननद का नंबर दो।"

अंजना घबड़ा सी गई।

मौसी ने उसे सँभाला—"अंजू! मैंने तुम्हारी ननद का फोन नंबर पूछा है, इसमें इतना घबड़ाने की क्या बात है?"

वह बोली, "मौसी, मुझे पता नहीं क्या होता जा रहा है। लगता है कि मेरी सोचने-समझने की शक्ति लुप्त होती जा रही है। फोन तो है सुस्मिता के यहाँ। पर मैं इतनी देर से परेशान हो रही हूँ।"

मौसी ने उसे पास बैठा लिया और बोलीं, "छोड़ो इस बात को, जब आदमी लगातार कोई बात सोचता रहता है और तनाव में रहता है तो ऐसा हो जाता है। पर परेशान होने की कोई बात नहीं है। पहले फोन मिला और फिर मैं तुम्हें कुछ बातें बताऊँगी, जिससे तुम्हारी परेशानी दूर हो जाएगी।"

अंजना ने फोन मिलाया, फोन सुस्मिता ने ही उठाया था।

"हेलो! सुस्मिता, मैं अंजना बोल रही हूँ।"

"हाँ, भाभी! बोलिए, कैसी हैं?"

"माँजी और तुम्हारे भइया क्या वहाँ पर हैं?"

"हाँ, भाभी! भइया को बुला दूँ?"

''हाँ, बुला दो।''

''अच्छा, भाभी!''

सुस्मिता ही पुनः लौटकर कुछ झेंपती सी बोली, ''भाभी! माँ कह रही हैं, हम लोगों को आज बहुत देर हो जाएगी। अभी कहीं और जाना है, तुम खाना खा लेना और भाभी, माँ ने पूछने के लिए कहा है, आपकी मम्मी आनेवाली थीं, वे लोग हैं कि चली गईं?''

अंजना से फोन माँ ने ले लिया—''सुस्मिता बेटी! मैं अंजना की माँ बोल रही हूँ। कैसी हो, जरा अपनी मम्मी से बात करा दो बेटा! हम लोग जाने के लिए तैयार हैं, देर हो रही है, पर अंजना को घर में अकेला छोड़कर कैसे जाएँ? वह रवि और समधिनजी के लिए बहुत परेशान थी।''

सुस्मिता बोली, ''माँजी! नमस्ते, मैं अभी माँ को बुलाकर लाती हूँ।'' फिर लौटकर आई तो उसके स्वर में क्षमा माँगने का दुःखी स्वर था। ''माँ नीचे उतर गई हैं, वे लोग कहीं जा रहे हैं,'' कहकर उसने नमस्ते कहा और फोन कट गया।

माँ ने एक लंबी साँस लेकर मौसी की ओर देखा और बोल पड़ी—''रमा! मैंने अपनी बेटी को कैसे चक्रव्यूह में डाल दिया है। इसकी सास हम लोगों से क्यों नहीं मिलना चाहती? मेरी समझ में नहीं आ रहा है और रवि, जिसे मैंने अपनी बेटी सौंप दी, वह जिस तरह मुझसे बचना चाह रहा है, इसका कारण क्या हो सकता है? मैंने तो उनकी हर माँग पूरी की थी, फिर क्यों ऐसा कर रहे हैं वे लोग?''

डॉक्टर मौसी बोल उठी थीं—''दीदी! मेरी समझ में आ रहा है कुछ, अंजना, यहाँ आ बेटी, हमें पूरी बात बता न शुरू से। जब तुमने अपने पति की जाँच कराने के लिए मेरा परचा दिया तो क्या प्रतिक्रिया हुई इन लोगों की?''

अंजना सशंकित सी चारों ओर देखने लगी, जैसे उसे भय हो कि कोई हमारी बातें सुन तो नहीं रहा है।

रमा मौसी ने दरवाजे की कुंडी भीतर से बंद कर ली। अंजना ने सारी बात बता दी। बताकर उसे लगा कि जैसे उसके सिर से कोई भार उतर गया हो।

माँ और मौसी ने अंजना को खूब समझाया कि तुम्हें इतना डरने की जरूरत

नहीं है। तुमने कोई गलती नहीं की है और जब गलती नहीं की है तो डरोगी किसलिए?

अंजना को बहुत बल मिला था। उसके भीतर का अज्ञात भय काफी कम हो गया था। अभी तक वह यह सोचकर डरती थी कि कहीं रवि ने मुझे छोड़ दिया तो मैं क्या करूँगी? पर मौसी ने उसे आत्मबल दिया, उसे आत्मनिर्भर होने की कोशिश करने का संकल्प दिया।

अंजना बी.एस-सी. कर चुकी थी। मौसी ने आगे उसे कोई ट्रेनिंग या टेक्निकल एजूकेशन लेने की सलाह दी। इस संबंध में पता करके वह फार्म भेजेंगी या फिर कोई और प्रयास करेंगी, ऐसा उसे आश्वस्त किया।

माँ और मौसी जब तक उसे समझाती-बुझाती रहीं, उसे लगता रहा कि जैसे वह निर्भय हो गई है।

बेवजह घबड़ाती है। अब वह सीधे रवि से बात करेगी और अपनी बात संकुचित होकर नहीं, दृढ़ता से कहेगी। वह कहेगी कि मुझे माँ बनने की उत्कट इच्छा है, इसलिए तुम जाँच कराकर इलाज का प्रयास करो। प्रयास करने में क्या हर्ज है? आगे जैसी ईश्वर की इच्छा। पर बिना प्रयास के ही हरि इच्छा मानकर हार बैठने के लिए मैं तैयार नहीं हूँ।

उसने माँ और मौसी को रुकने के लिए भी जिद की।

पर मौसी को सुबह जल्दी सेमिनार में जाना था। अभी उसमें भाग लेने के लिए व्याख्यान की तैयारी भी करनी थी। उन दोनों ने कुछ खाया-पिया भी नहीं था। बोली थी, कौन रोज-रोज तुम्हारे यहाँ आना है। हम तुम्हारे यहाँ कुछ खाएँगी-पिएँगी नहीं।

उन लोगों की लाई हुई मिठाइयों और फलों से ही अंजना ने उनका आतिथ्य किया था। एक तरह से वह ऐसा करके अपने और माँ-मौसी के स्वाभिमान की रक्षा कर पाने का संतोष भी अनुभव कर रही थी। सास के प्रति जो मन में मान और मलाल भर आया था, वह बना रहे और उन लोगों को भी यह मालूम हो जाए कि मैंने इस घर की एक कप चाय तक अपनी माँ को नहीं पिलाई है। इन लोगों का जो तिरस्कार घर से भागकर सासजी ने किया था, उसकी गाँठ न चाहते हुए भी उसके मन में कहीं कसती जा रही थी। वह भी नहीं चाह रही थी कि माँ उन लोगों से मिलने के लिए रुकी रहें, और वे आकर कोई और अशोभन

परिस्थिति पैदा कर दें।

अंजना ने जिस आत्मविश्वास से माँ और मौसी को आश्वस्त किया कि आप चिंता न करें, निश्चिंत होकर जाएँ। उससे दोनों बहनों को धैर्य बँधा और वे वापस अपने होटल चली आईं।

अंजना ने अपने लिए कुछ नहीं बनाया। न भूख थी और न ही इच्छा। बस स्मृतियों की गठरी खोलकर बैठ गई थी। सामने टी.वी. खुला था, पर वह कुछ नहीं देख रही थी, कुछ नहीं सुन रही थी। जूठे बरतन पड़े थे, एक मन हुआ कि पड़ा रहने दे, आकर सासजी झल्लाएँगी तो झल्लाएँ।

पर फिर सोचने लगी, इसका परिणाम यह होगा कि माँ-मौसी के बारे में जली-कटी बातें सुनाई जाएँगी। वह कल्पना करने लगी। सासजी कहेंगी—अरे लाडो! क्या माँ सिखा गई कि घर का काम-धाम न करना? सोचते ही मन का स्वाद खराब हो गया। हलके हो गए दिलो-दिमाग पर फिर भय की छाया घिरने लगी।

खीझकर वह उठी, बरतन समेटे, माँजकर करीने से लगा दिया। महरी आज नहीं आएगी। घर व्यवस्थित किया, फिर आकर बैठ गई। टेलीविजन काफी तेज आवाज में चल रहा था, उसे धीमा किया। सासजी और रवि दोनों को ही तेज आवाज से चिढ़ है।

मौसी ने कहा था—तुम्हें अपना सब काम ठीक से करना है। अपने व्यवहार से किसी को नाराज नहीं करना है। पर जब गलती न हो तो व्यर्थ में भयभीत भी नहीं होना है।

दरवाजे की घंटी बजी। अंजना ने फिर चारों तरफ निहारा, सब व्यवस्थित था। संतुष्ट होकर द्वार खोलने चली। मन में उतना गुस्सा नहीं रह गया था। फिर भी उसकी रूठने की मुद्रा थी, चेहरा भारी था। वह दरवाजा खोलकर बिना कुछ बोले वापस आ गई। सासजी और रवि दोनों जैसे आँखें चुरा रहे हों।

शाम का खाना भी नहीं बना था। ये लोग तो खा-पीकर ही आए होंगे। वरना माँजी रवि के लिए भोजन बनाने का उपक्रम अवश्य करतीं।

अंजना का तो आज उपवास ही हो गया।

अंजना अपने कमरे में जाकर सिर ढककर लेट गई। रवि और माँजी भी कपड़े बदलकर सोने चले गए। कोई किसी से नहीं बोला। अंजना को लगा कि

उसके मौन सत्याग्रह का प्रभाव अच्छा ही रहा, अन्यथा माँ-बेटे यों गिल्टी फील करने की मुद्रा में न होते।

वह थक गई थी। उसे उम्मीद नहीं थी, फिर भी इच्छा थी कि रवि एक बार अपनी ओर खींचकर कह दे, माफ कर दो यार! आज माँ के काम से जाना पड़ गया। माँजी से नहीं मिल सका।

पर यह सबकुछ नहीं हुआ। अंजना का मन फिर उसी तरह तकिए में मुँह छिपाकर रुलाई रोकते हुए हबस-हबसकर रोने को हुआ, पर माँ की बातें याद आ गईं—बेटी! आशा ही सुख और दुःख दोनों का कारण है। आशा पूरी होती है तो सुख होता है, नहीं तो दुःख। जीवन में आशा ही जीवन चलाती है, पर निराशा से टूटना नहीं चाहिए। भगवान् कृष्ण ने गीता में यही तो कहा है—सुख-दुःख, लाभ-हानि, जय-पराजय सबको समान भाव से स्वीकार कर लेना चाहिए। वैसे यह कहना आसान है, जीवन में उतारना कठिन है। पर कोशिश तो करनी ही चाहिए।

वह माँ के इस वाक्य को मन-ही-मन दुहराने लगी, कोशिश तो करनी चाहिए। सुख-दुःख को समान रूप में स्वीकार करना चाहिए। सोचते-सोचते होंठों में ही बुदबुदाते वह सो गई।

सुबह उठी तो रवि उठ चुका था।

उसे आश्चर्य हुआ कि आज वह इतनी गहरी नींद कैसे सो गई? फिर सारी बातें याद आईं। क्या सोचते-सोचते सोई थी और अचानक मुख से निकल पड़ा—हाँ माँ! कोशिश तो करनी ही चाहिए, मैं कोशिश करूँगी, माँ!

वह उठकर बैठ गई।

बचपन में पिताजी ने सिखाया था और उसने माँ-पिता को प्रातः उठते ही धरती को प्रणाम करते देखा था। आज बहुत दिनों बाद उसने पैर धरती पर रखने से पहले पृथ्वी को प्रणाम किया। बचपन में वह माँ से पूछती थी कि धरती को प्रणाम क्यों करते हैं? माँ कहती थी—धरती हमारी माँ है, हम उसपर पैर रखते हैं। उससे पहले क्षमा माँग लेते हैं। जैसे माँ अपने बच्चे की सारी गलतियाँ क्षमा कर देती है, वैसे ही धरती माँ भी। तभी तो धरती स्त्रीलिंग है। स्त्री भी धरती की तरह सहनशील है।

नहाकर अंजना रसोई में पहुँची तो सास माँ सब्जी काट रही थीं। सास के

चरण छूकर वह चुपचाप खाना तैयार करने लगी। रवि खाना खाकर ही ऑफिस जाता था। माँजी कभी पैर छूने पर न तो माथे पर हाथ फेरती हैं और न बोलकर आशीर्वाद देती हैं, अर्थात् कोई प्रतिक्रिया व्यक्त नहीं करतीं। पहले उसे इच्छा होती थी कि जैसे मेरी ताई, दादी, माँ आदि आशीर्वादों की बौछार कर देती हैं, वैसे ही कभी ये भी कह दें—दूधो नहाओ, पूतो फलो। वैसे आजकल पत्र-पत्रिकाओं, टी.वी., रेडियो पर इस आशीर्वाद को बहिष्कृत करने का जोरदार प्रयास चल रहा है, पर जिसकी जो चाह है, वही आशीर्वाद पाना चाहता है। किंतु माँजी का सपाट चेहरा कोई प्रतिक्रिया व्यक्त न करता। शायद अपनी किसी कमजोरी या सहजता को वे कहीं से भी खुलने देना नहीं चाहतीं। एक आवरण ओढ़े रहती हैं हरदम। कहीं से भी संवेदनशीलता प्रकट नहीं होने देती हैं, क्योंकि शायद वे संवेदना को, भावुकता को कमजोरी मानती हैं, उदार गुण नहीं।

वह भी आज बोलना नहीं चाह रही थी। कल की घटना से मन का मलाल अभी गया नहीं था। वह चुपचाप बैठकर चावल बीनने लगी। क्या बनेगा, आज उसने पूछा नहीं। वह भी गंभीर रहेगी, चुप रहेगी। यदि सहजता कमजोरी है तो वह भी यह कमजोरी प्रकट नहीं होने देगी।

उसने चावल बीन लिये, फिर बिना पूछे ही दाल-चावल पकने के लिए चढ़ा दिए। पूछना क्या है, स्वयं मना करेंगी या कुछ बताएँगी तो वैसा करूँगी, आज कुछ पूछूँगी नहीं।

आज माँजी कुछ नहीं बोलीं। सब्जी काटकर रसोई से बाहर चली गईं। अंजना ने खाना बनाकर मेज पर लगा दिया।

रवि ने चुपचाप खाना खा लिया। आज उसने न तो यह कहा कि माँ सुबह-सुबह खाना मुझसे नहीं खाया जाएगा और न माँजी बोलीं कि खाना खाकर ही निकलो रवि! दिन भर तुझे खाने की फुरसत नहीं मिलती।

आज की संवादशून्यता की यह स्थिति अब अंजना को और खटकने लगी। वह स्वयं भी तो प्रयास कर रही थी कि बोले नहीं, पर उसे ऊब होने लगी। वह जानती थी कि सन्नाटा तोड़ने की पहल वे दोनों नहीं करेंगे। पक्के घाघ हैं दोनों। यह वाक्य उसके मन में आया, फिर स्वयं ही झेंप गई। कहीं मन की बात जबान पर आ जाए तो, बाप रे बाप प्रलय हो जाएगी! इसीलिए बुजुर्गों ने मौन को सोना कहा है।

चलो, मैं ही बोलती हूँ, पर कोई जरूरी बात ही करूँगी। जिससे किसी को यह न लगे कि मैं कमजोर पड़ गई, बिना बोले मुझसे रहा नहीं जा रहा है। मेरी इसी सहजता का ही तो ये लोग फायदा उठाते हैं। जानते हैं कि मुझे आसानी से मना लिया जाएगा, पर अब मैं भी आसानी से नहीं मानूँगी। मुझे भी दुरूहता का दुर्ग अपने चारों ओर बनाना पड़ेगा, तभी लोग समझेंगे मेरी कीमत।

इतना सोचते ही पिताजी की बात याद हो आई—बेटा! सहज, सरल, विनम्र होना दुर्बलता नहीं है, बड़े तप से यह समभाव मिलता है। कठिन होना, अहंकारी होना, अपने को दुर्लभ दिखाना—ये सब कमजोर लोगों के हथियार हैं, जो अपनी कमियों को ढकने के लिए तमाम आवरण ओढ़े रहते हैं।

पिताजी की बातें याद आईं तो मन का गहरा कुहासा एकदम छँट गया। वह अपनी सहजता में लौटने लगी। रवि के पीछे-पीछे कमरे में आ गई। सहज होकर ही अपनी बात वह पूरी तरह से कह सकेगी। क्या कहे और कैसे कहे की ऊहापोह छोड़कर उसने रवि से पूछ लिया—"आज शाम को कितने बजे लौटकर आइएगा?"

रवि ने प्रश्नसूचक निगाह डाली, बोला कुछ नहीं। अंजना को फिर बुरा लगा। फिर उसने ही बात आगे बढ़ाई—"आज शाम को जल्दी आ जाते तो कहीं चलती आपके साथ।"

रवि को कुछ आश्चर्य हुआ—बिना मान-मनौवल के अंजना सहज हो उठी। उसे अच्छी लगी उसकी निश्छलता और अपने प्रति कहीं अपराध बोध भी कचोट उठा। अपनी भोली-भाली पत्नी को माँ के कहने में आकर छलता जा रहा हूँ। क्यों नहीं साफ-साफ बता देता कि मैं क्यों नहीं अपनी जाँच करा रहा हूँ।

रवि ने आज अरसे बाद अंजना को अपनी ओर खींचा। टुकुर-टुकुर ताकती पत्नी की आँखों में झाँककर बोला, "कहाँ चलना है, अज्जू?" अज्जू इस अचानक उमड़ आए प्यार पर कातर हो उठी। आँखें डबडबा आईं, सुबककर वह रवि के वक्ष से लग गई। रवि को देर हो रही थी, पर इस दुर्लभ क्षण को पकड़े वह खड़ा था। वह जानता था कि कल से जमा हुआ गुबार बह जाएगा, तभी ये आँसू थमेंगे। उसके बुश्शर्ट की क्रीज खराब हो रही थी या भीग रही थी, इस ओर भी ध्यान नहीं दिया उसने।

अंजना ने सिर उठाया और अनुनय भरी आवाज में बोल उठी—''माँ आज शाम की ट्रेन से वापस जा रही हैं। कह गई थीं कि रवि से कहना, स्टेशन पर मिल ले तो देख लूँ, मेरी लज्जा रख लो रवि!''

कहते-कहते वह फिर से रो पड़ी। आगे और बोल नहीं सकी। जबकि चाहती थी कि कहूँ कि मेरी लाज बच जाती मौसी और माँ के सामने। स्त्री की सबसे बड़ी लज्जा यही है कि उसका पति उसकी उपेक्षा करता है, उसकी बात नहीं मानता।

रवि कहने जा रहा था—आ जाऊँगा। पर माँ का कल का रूप याद आया तो वह सिहर उठा। माँ कहाँ-कहाँ उसे घुमाती रहीं कल। थका होने पर भी वह बारह बजे तक माँ के साथ निरर्थक घूमता रहा। ऐसे-ऐसे घरों में माँ लेकर गईं, जहाँ कभी वह नहीं गया था। जैसे माँ आज अपनी मिलनसारिता का प्रमाण-पत्र पाने के लिए कृतसंकल्प हों। रवि तो समझ ही गया था कि माँ किसलिए घर जाने से बचने के लिए यूँ भटक रही हैं। पर वह चुप था।

रवि के मुख से दूसरा ही वाक्य निकल गया—''माँ से पूछ लिया है?''

अंजना की आँखों में तिरस्कार झाँक गया। रवि ने देखकर भी अनदेखा कर दिया। उसके चेहरे की कोमलता तिरोहित हो गई। वह बोला, ''माँ से पूछ लो। कह देंगी तो चला चलूँगा।''

अंजना की इच्छा हुई कि कह दे—तुम्हारी माँ है, तुम नहीं पूछ सकते हो? क्या पत्नी से प्यार करने के लिए भी माँ से आज्ञा लेनी पड़ती है तुम्हें। पर चुप रह गई।

बुझ गया मन में सहज आलोकित हो गया आशा का दीपक। न्योछावर होने के लिए मन का उठता ज्वार थम गया। मान से भर गया फिर उसका मन। वह नहीं जाएगी माँजी से पूछने।

पर फिर एक बेचैनी घिरने लगी। माँ के हृदय से लगने का अवसर चूक जाएगा। अकेले तो जाने नहीं दिया जाएगा। चलो, पूछ ही लेती हूँ, खा थोड़े ही लेंगी। और फिर बात भी साफ हो जाएगी। बहुत अच्छी बनती हैं माँजी। बेटा भी तो समझेगा कि माँ कैसी हैं?

वह उसी भावावेश में सास के पास पहुँच गई—''माँजी! आज शाम को माँ से मिलने स्टेशन जाना है, इनसे कह दीजिए, जल्दी आ जाएँगे।''

वे बिफर पड़ीं—"तुम्हीं क्यों नहीं ऑर्डर दे देती हो उसे, आ जाएगा। कल जी नहीं भरा माँ से मिलकर। कल तो अकेले भी छोड़ दिया था इसीलिए कि सुख-दुःख बतिया लो।"

अंजना ने देखा—रवि कमरे के बाहर से निकलकर ठिठककर सुन रहा था।

अंजना फिर झुँझला उठी—इस आदमी में क्या इतनी भी रीढ़ नहीं है कि माँ के सामने खड़ा हो जाए? ऐसा भी क्या अनुशासन? क्यों डरते हैं वे माँ से इतना? पत्नी की इच्छा, आशा का कोई मूल्य नहीं।

वह लगभग भागते हुए अपने कमरे में पहुँची और फिर पहले की तरह ही फूट-फूटकर तकिए में मुख छिपा रोने लगी। मैं कितनी विवश हूँ? मैं तो एक तरह बंदिनी हूँ इस घर में। मौसी और माँ के उपदेश आँसुओं में बह गए। उनके प्रति मान भी हो आया। मेरी यह स्थिति जानकर भी मौसी सहज होने और न रोने के लिए कहती हैं। रोना कायरता है, यह मैं भी जानती हूँ, पर ऐसी स्थिति में रो लेने से ही तो मन हलका होता है।

पर ठीक ही कहती हैं मौसी, इससे लाभ क्या? इन लोगों पर मेरे रोने का क्या कुछ असर पड़ता है? नहीं-नहीं, मैं तो मर जाऊँ तो भी शायद इन लोगों को कष्ट नहीं होगा। मन-ही-मन क्रोध उफनने लगा। माँ से आज फिर नहीं मिल सकूँगी। यह पीड़ा भी मन को काट रही थी, पर हारकर उसने संतोष करने में ही भलाई समझी। उसे बड़े लक्ष्य की प्राप्ति के लिए छोटे-छोटे सुख छोड़ने ही होंगे।

रवि जा चुका था। माँ के तीर के समान वाक्य सुनकर प्रतिरोध का साहस भला उसमें कहाँ था? अंजना का मन समुद्र की तरह ज्वार-भाटा खा रहा था। खाना खाए बिना वह पड़ी रही। सास ने खाना खा लिया। उसका खाना पड़ा रह गया। वे तैयार होकर घर से जा रही थीं। आज उन्होंने दरवाजा बंद करने के लिए आवाज भी नहीं दी थी।

अंजना उनकी बड़बड़ाहट सुनती रही। न शाम के लिए सब्जी है, न चाय-चीनी। बाजार न जाऊँ तो काम न चले, अब हमसे नहीं होगा यह सब। कब तक खटती रहूँगी आखिर?

अंजना की आँखें सूज आई थीं। पलकें भारी थीं। उसपर अपना भविष्य

बोझ सा उतरता जा रहा था। मैं अपने बुढ़ापे में किसे सुनाऊँगी यह सब? क्या इस तरह की खीझ का भी सुख मेरे भाग्य में नहीं है?

वह जानती है कि सासजी इन वाक्यों से प्रकारांतर से बताना चाह रही हैं कि दरवाजा बंद कर लो। मैं घूमने नहीं, तुम्हारा काम करने जा रही हूँ। मन में आया कि उठकर अपने जगे होने का अहसास करा दे, पर भीतर से भी विद्रोह हुआ—होने दो परेशान, नहीं बोलूँगी। कौन मुझे सुखी किया है इन्होंने?

सासजी और बेचैन हो उठीं—बहू को बुलाऊँ तो हेठी हो जाएगी झुकने की। वह ऐंठी है तो ऐंठी रहे। नहीं बुलाती हूँ। उन्होंने एक तरीका ईजाद कर ही लिया। घर से बाहर निकलकर दरवाजे की घंटी बजा दी। अंजना समझ गई, पर नहीं उठी। दुबारा घंटी बजी तो वह अपनी सहजता नहीं त्याग पाई। उसकी ऐंठन तो ओढ़ी हुई थी, यह सहजता तो उसका संस्कार था। जाकर भिड़े हुए किवाड़ खोले तो सासजी की जाती हुई पीठ दिखाई दी। आहट से यह जानकर कि अंजना आ रही है, वे चल पड़ी थीं। अंजना ने किवाड़ बंद कर लिये।

सासजी को गए दो घंटे बीत गए। माँ की गाड़ी जाने में एक घंटा रह गया था। मन उत्कंठित हो गया। माँ पैसे दे गई हैं, टैक्सी करके अकेले भी तो जा सकती है। पर घर कैसे छोड़कर जाऊँ? लेकिन आज तो जाना ही होगा, मौसी को विश्वास दिलाना है कि मैंने अपनी कारा तोड़ दी है। मैं तैयार हो जाती हूँ, रवि को ऑफिस में फोन करके सूचित कर देती हूँ कि चाभी पड़ोस में दे दी है। पहले भी तो मायके जाने पर माँजी रवि के लिए चाभी पड़ोस में दे जाती थीं।

उसने फोन मिलाया—उधर से रवि की आवाज आई—"हलो! हलो!"

अंजना की आवाज में साहस जुटाने के बाद भी कंपन था—"मैं माँ से मिलने स्टेशन जा रही हूँ। चाभी पड़ोस की ताईजी के यहाँ दे दूँगी।" एक साँस में वह कह गई। माँजी नहीं हैं, यह आज्ञा दी है या नहीं, यह सब कहना उसने व्यर्थ समझा। अभी रवि प्रश्न करना शुरू करेंगे या माँ की नाराजगी का हवाला देंगे तो झल्लाकर मैं ही अपना निर्णय बदल न दूँ। यह सोचकर ही उसने फोन काट दिया।

भूख लगी थी। खाने से क्या रूठना, अपने पर क्यों अत्याचार करूँ? खाना निकालने जा रही थी, तब तक फोन की घंटी बजी। रवि का ही होगा फोन, नहीं उठाती। समझेंगे कि चली गई, पर अब जल्दी से निकल जाना ही ठीक

है। जल्दी से बाल सँवारे, साड़ी बदली, पानी पिया और बिना खाना खाए ही चलने को तैयार हुई। ताला लगाते-लगाते मन काँपा। परिणाम भयंकर हो सकता है, पर फिर मन दृढ़ हो उठा। अब जो भी हो, सोचकर लापरवाही का भाव चेहरे पर लाने की कोशिश की और पड़ोसन के घर की ओर चल दी।

सड़क पर टैक्सी को हाथ दिया। तभी उधर से सासजी आती दिखाई दीं। उसने देखकर अनदेखा कर दिया। पीछे पड़ोसन ताई अपने दरवाजे पर खड़ी थीं। वह आश्वस्त हुई कि वे चाभी देकर बता देंगी कि बहू स्टेशन गई है।

टैक्सी से उतरकर इस महानगरी में अकेले स्टेशन पर जाते हुए उसे थोड़ी घबड़ाहट हुई, पर उस घबड़ाहट को उसने झटक दिया।

जाकर इन्क्वायरी पर पूछा। गाड़ी आने में आधा घंटा शेष था। माँ ने कहा था कि हम लोग कोशिश करेंगे कि जल्दी आ जाएँ। आगे बढ़ी तो सचमुच माँ-मौसी की आँखें उसे तलाशती हुई दिखीं। दोनों के पास पहुँची तो एक बार संकुचित हुई अकेले आने के लिए।

पर उन दोनों ने भी जान-बूझकर रवि के बारे में नहीं पूछा। क्योंकि यह पूछना बेटी के मन को दंशित करना था।

अंजना ने स्वयं ही आज की घटना और अपने असमंजस से उबरने के साहस की बात कह सुनाई।

सुनकर माँ ने उच्छ्वास लिया, पर मौसी ने उसकी पीठ पर हाथ फेरा— "यह साहस ही तुम्हारी रक्षा करेगा, तुम्हें दिशा देगा, तुम्हें स्थान देगा, तुम चिंता न करो।"

माँ उसकी मनपंसद चीजें बाजार से ले आई थीं। आग्रह करके उसे खिलाती रहीं और अंजना सोचती रही। यदि न आती तो माँ को कितना दुःख होता। रवि को अपनी माँ के मन का इतना खयाल है तो क्या मुझे अपनी माँ का नहीं होना चाहिए?

गाड़ी चली गई। अंजना को लगा कि माँ से पहली बार बिछुड़ रही हो, वही प्रथम बिछोह की व्यग्रता, वही आँसू और विह्वलता, परंतु फिर धीरे-धीरे मन संयत हुआ। माँ तो और गहरे मन में उतर आई है। उसने धीरे से दूर जाती हुई माँ को पुकारकर कहा, "माँ, अब मैं तुमसे मिलने घर भी अकेले आ सकती हूँ।"

विश्वास से दीप्त मौसी की आँखें उसके मन को आलोकित कर रही थीं, ''तुम्हें अपनी राह खुद बनानी है।''

घर लौटते समय उसके मन में भय नहीं था, उत्कंठा थी कि देखें क्या होता है ? एक दर्शक का भाव था, जो भी होगा देखा जाएगा। उसे आश्चर्य भी हो रहा था और संतोष भी कि वह खुलकर साँस ले रही थी।

उसने आत्मविश्वास के साथ घंटी बजाई।

□

सबकुछ पूर्ववत् था। बीच में संवाद सूत्र टूट गए थे। सास-बहू, माँ-बेटा, पति-पत्नी सब अपने-अपने में डूबे थे। काम का व्यवधान नहीं था। हर व्यक्ति दूसरे की इच्छा और पसंद का ध्यान रखते हुए अपना-अपना दायित्व निभा रहा था। ऊपर से एक शांत झील पर भीतर-ही-भीतर उद्वेलन लिये अंजना ही चुप्पी तोड़ती थी हमेशा, किंतु अब की तो उसने जैसे चुप रहने की सौगंध खा ली हो।

आठवें दिन माँ का पत्र आया तो अंजना को लगा कि एक अंधे कुएँ में किसी ने दीपक जला दिया हो। माँ ने लंबा पत्र लिखा था—

बेटी !

तुमसे मिलकर आई तब से हर दिन लगता है कि अभी-अभी तुम्हें बाँहों में भरा है और अभी-अभी तुमसे अलग हुई हूँ। तुम्हारे पिताजी हर समय तुम्हारी बात पूछते रहते हैं। कहते हैं कि मैं भी जाऊँगा मिलने। पर मैं ही उन्हें टोकती हूँ। इतना लंबा सफर, अकेले यात्रा में इन्हें भेजते डर लगता है, यही कहकर इन्हें मनाती हूँ कि अंजू को पत्र लिखूँगी, वही आ जाएगी। तुम रवि की छुट्टियों में आने का कार्यक्रम बनाना। मैं रवि को नहीं देख सकी, इसका अफसोस रहा। समधिनजी को भी साथ लाना, घूम जाएँगी, थोड़ा बदलाव जरूरी है।

वहाँ से लौटने पर लोग मुझसे कहते हैं कि तुम तो तरोताजा होकर लौटी हो। सच बेटी ! यह परिवर्तन बहुत जरूरी है—एक ही ढर्रे पर घिसटती या भागती जिंदगी को जीवन से जोड़ने के लिए। पहले मुझे पहाड़ सा लगता था कि कैसे जाऊँगी यहाँ की सारी जिम्मेदारियाँ छोड़कर। पर निकल गई तो आठ दिन यहाँ सबने ठीक से निभा लिया। तुम्हारे पिताजी तो कहते हैं—अब तो मैं भी तुम्हारे साथ निकला करूँगा। वही चेहरे, वही एक सी बातें, वही खाना, वही बैठक, वही चारपाई, मन ऊब जाता है।

अब की तुम आओगी तो तुम्हारे साथ ही हम दोनों भी कहीं घूमने चलेंगे। समधिनजी का ध्यान रखना। उनको किसी तरह की शिकायत का मौका तुम नहीं दोगी, मुझे विश्वास है। रवि को हमारा आशीर्वाद कहना, समधिनजी को भेंट-अँकवार! तुम्हारे पिताजी तुम्हें बहुत याद कर रहे हैं। परिवार के सभी लोग तुम्हें आशीर्वाद और प्रणाम कह रहे हैं। तुम्हारी मौसी भी पत्र लिखेंगी। कह रही थीं कि फुरसत में लिखूँगी। तुम्हारे लिए मौसी ने कई पुस्तकें भी खरीदी हैं, तुम्हें भेजेंगी। अपना ध्यान रखना।

तुम्हारी माँ।

पत्र में ऐसा कुछ विशेष नहीं था। सीधी-सादी सहज शैली में माँ के हृदय की अभिव्यक्ति थी। पर अंजना को एक-एक शब्द में गूढ़ अर्थ लग रहा था।

पत्र पढ़कर मेज पर खुला ही छोड़ दिया। वे लोग भी पढ़ लें, देख लें कि मेरे माता-पिता का हृदय कितना निर्मल है। अपने अपमान और उपेक्षा का कहीं कोई जिक्र तक नहीं।

फिर अपनी सोच के बचपने पर उसे हँसी आ गई। कहाँ ये लोग खत पढ़ने और इतना सोचने की जहमत उठाएँगे। उनका आभिजात्य बोध उन्हें दूसरे का खत पढ़ने की इजाजत नहीं देगा। पढ़ेंगे भी तो छिपकर ही पढ़ेंगे, शायद जिज्ञासा होगी कि माँ ने बेटी को कुछ उल्टा-सीधा पाठ पढ़ाया हो।

कुछ भी हो, माँ के खत से अंजना के मन में यह परिवर्तन आया कि उसने संकल्प लिया कि आज वह इस घर की चुप्पी तोड़ेगी, खुद ही माँजी और रवि से बोलेगी। जरूरत पड़ी तो मनाने की भी कोशिश करेगी।

अंजना माँ का खत लिये बैठी थी, आँखें पत्र पर थीं, पर मन में एक के बाद एक स्मृतियों की रील घूम रही थी—रवि और उसकी माँ का उसे देखने आना और हार तथा अँगूठी पहनाते हुए माँजी का यह कहना कि अंजना अब हमारी है।

पिताजी ने यह इच्छा व्यक्त की कि हमें क्या-क्या सामान देना है? कृपा करके कुछ संकेत दे दें।

रवि और माँजी ने एक ही बात कही थी—हमें दहेज कुछ नहीं चाहिए।

उस समय कितने गर्व से मन फूल उठा था, कैसा आदर्श परिवार मिल रहा है! ऐसे परिवार को खुश रखने के लिए मैं प्राण-पण से प्रयत्न करूँगी।

कभी उन्हें शिकायत का मौका नहीं दूँगी।

सोचते-सोचते उसके मुँह से आह निकल गई। पर कहाँ खुश रख पाई सबको ? और स्वयं भी कहाँ खुश रह सकी ? वैवाहिक जीवन की एक आकांक्षा मन के हर कोने-अँतरे से उफन-उफनकर बाहर आने लगी। मेरी गोद में भी एक शिशु हो, मेरे आँगन में भी शिशु की किलकारियाँ गूँजें। मेरा मातृत्व मुझसे पुकार-पुकारकर अपने हाड़-मांस से निर्मित एक शिशु माँगने लगा। शायद इसके लिए यदि पति और सास ने प्रयास किया होता और असफलता मिलती तो अपने भाग्य का दोष मानकर संतोष करने का प्रयास करती, पर अब तो प्रयासहीनता का असंतोष दिमाग की नसों को फाड़कर बाहर आना चाहता है।

जब भी ननद की बच्ची को गोद में लेती हूँ, मन को एक तृप्ति मिलती है। पर साथ ही देखनेवालों की निगाहें चीरने सी लगती हैं, हर निगाह में कुछ-न-कुछ होता है—

बेचारी! आज इसकी कोख हरी होती तो अपना बच्चा भी गोद में होता।

कहीं बच्चे को इसकी हाय न लग जाए? बेचारी कितना संकोच कर रही है, बच्चे को उठाने में!

इसकी सास पता नहीं क्यों नहीं चाहती ? वरना आजकल तो कितने उपाय चल निकले हैं। पता नहीं इसमें खराबी है या इसके आदमी में ?

कुछ भी हो, बेचारी है बहुत अच्छी लड़की, दूसरी कोई होती तो सास को मजा चखा देती।

इन आँखों, और आँखों में व्यक्त भावों को झेलते-झेलते वह बेचैन हो उठती।

मौसी द्वारा भेजी हुई किताबें आईं। वह पढ़ती गई, उसके मन, उसकी सोच को विस्तार मिलता रहा। उसके भीतर साहस का संचार होता रहा।

□

समय बीतता रहा। माँजी ने कभी रवि को डॉक्टर के यहाँ जाने को नहीं कहा और न ही वह गया।

आज खाना खाकर उठते ही अंजना को जोरों की मितली आई और वह वाश-बेसिन की ओर भागी। वह उलटी कर रही थी और रवि माँ की ओर देख रहा था। माँ ने उसे पानी ले जाकर दिया, फिर बिना कुछ बोले इलायची लाकर

हाथ में दे दी। वह कमरे में जाकर लेट गई। मन के एक कोने से फिर वही आकांक्षा। रवि आकर पूछेगा तबीयत का हाल। पर रवि माँ के सामने उसका हाल पूछने आएगा, इसकी अधिक उम्मीद भी नहीं कर रही थी।

वह अपने इस दुहरे सोच से परेशान रहती ही थी, आज खाने के बाद उलटी हो जाना इसका क्या कारण है, वह सोचने लगी।

इधर नियमित मासिक चक्र में भी व्यवधान आया है, दो महीने के लगभग रुके हो गए हैं। चक्कर भी आता है। मौसी ने जो भी हिदायतें दी थीं खान-पान, औषधि की—सबका उसने अक्षरशः पालन किया था। कहीं मेरा सपना फलीभूत हुआ है क्या? इस अकस्मात् मन में उग आई प्रसन्नता को वह रवि से बाँट लेना चाहती थी, पर रवि तो जा चुका था।

सासजी कमरे में आकर झाँक गईं। वह आँखें मूँदे लेटी रही—यदि माँजी मेरे माथे पर हाथ रखकर पूछ लेतीं—'क्या हो गया बहू। अब कैसी तबीयत है?' तो वह मन का सारा मान भूलकर उनकी गोद में सिर रख देती और इस अनोखी प्रसन्नता की आशा से उनकी भी गोद भर देती।

पर माँजी वापस चली गईं। वह चुपचाप लेटी रही।

दिन बीतने लगे। वह जब खाने के बाद वाश-बेसिन की ओर भागती तो माँ-बेटे एक-दूसरे की ओर प्रश्नसूचक दृष्टि से देखते और उनके बीच एक मौन पसर जाता। आज तक किसी ने उसे डॉक्टर के यहाँ ले जाने को नहीं कहा। वह भी अपने इस आनंद को अकेले महसूस करते हुए उत्साहित, उत्कंठित होती रही, परिणाम तो सामने आएगा ही। दिखाएँ या न दिखाएँ। मैं अपनी ओर से पूरी अहतियात बरतूँगी।

पर इस उत्कंठित मन का क्या करूँ? यह बार-बार रवि को, माँजी को इस सुख का साझीदार बनाना चाहता है। पर इसमें मैं क्या करूँ? वे लोग जाने क्यों, जानकर भी अनजान बनने का प्रयास कर रहे हैं? रवि की आँखों में तो कभी-कभी जाने कैसा संदेह नजर आता है। जैसे कि उन लोगों को विश्वास ही नहीं हो रहा है कि मैं माँ बननेवाली हूँ। जाने दो, मैं भी कुछ नहीं बोलती। पर अब माँ और मौसी को लिख देना चाहिए।

वह इधर कई दिनों से पत्र लिखने की सोच रही थी, पर रोज टल जाता था। लिफाफे लाने के लिए किससे कहे? खुद बाहर जा नहीं रही थी—माँ ने

लिखा था कि कोशिश करना, तेरी सास और पति नाराज न हों। मेरे बाहर जाने पर निश्चय ही उन लोगों को बुरा लगता है, पर कितने दिन मैं घुटती रहूँ आखिर, घर में कोई और है नहीं, जिससे मन की बातें कहूँ। घर का काम और किताबें, यही जी बहलाने के साधन हैं। मशीन हो गई है जिंदगी। टी.वी. देखने का मन होता है, पर वह भी इसलिए नहीं देख पाती कि माँजी देखती रहती हैं। वहाँ उनके साथ बैठकर देखने में उन्हें कुछ असुविधा होने लगती है।

अंजना काम में लग गई। वह सब काम निबटाकर जल्दी लेट जाती है। जब इच्छा होती है, खा लेती है। मौसी और माँ के आने से जो आत्मविश्वास जागा है, वह कभी-कभी डिगने लगता है। पर वह सँभालकर फिर उसे सहेज लेती है। उसे अब अपने लिए नहीं, अपने बच्चे के लिए अपनी देखभाल करने की जरूरत है। इसलिए वह खाना खाकर जल्दी ही अपने कमरे में चली जाती है। आजकल वह धार्मिक पुस्तकें पढ़ने लगी है। माँ भाभी से कहती थीं कि गर्भवती को अच्छे विचार पढ़ने और मनन करने चाहिए। इसका प्रभाव गर्भ के शिशु पर पड़ता है। माँ अभिमन्यु की कथा उदाहरण के रूप में भाभी को सुनाती थीं।

आज अंजना को सोचते-सोचते एकाएक लगा जैसे कोई कह रहा है—क्यों लोगों का इंतजार कर रही है कि कोई मुझे डॉक्टर को दिखाए, क्या तू खुद नहीं जा सकती? माँ और मौसी को खत लिखने के लिए लिफाफा भी तुम स्वयं नहीं ला सकती हो। पोस्ट भी कर सकती हो। फिर क्यों घर में बंद रहकर सोचती रहती हो? तुम्हें तो बाहर टहलना और खुश रहना चाहिए।

उसने इस अदृश्य संकेत को पाकर निश्चय कर लिया कि कल ही निकलूँगी।

रवि ऑफिस चला गया। माँजी भी उसके जाने के थोड़ी देर बाद ही मंदिर चली गईं। अंजना के ओठों तक बात आते-आते रुक जा रही थी। वह कहना चाह रही थी कि आज मुझे डॉक्टर को दिखाना है, पर कह नहीं सकी।

मन में सोचा—इनके चले जाने के बाद लिखकर चली जाऊँगी कि अचानक तबीयत खराब होने लगी तो डॉक्टर के यहाँ चली आई। उसे अपने इस छल पर आश्चर्य भी हुआ कि मेरा सहज व्यक्तित्व क्यों इस तरह के आडंबर ओढ़ रहा है, पर उसने मन को डाँट दिया।

सासजी के जाने पर वह तैयार हुई। मेज पर परचा लिखकर रखा और

ताला लगाकर डॉक्टर के यहाँ जाने को चल पड़ी। किस डॉक्टर को दिखाए, यह निर्णय अभी करना था। वह तो किसी को जानती नहीं थी। उसने सिविल अस्पताल जाने का निश्चय किया। डॉक्टर की फीस भी नहीं लगेगी और आगे भी अस्पताल में ही आना पड़ेगा—सोचकर वह मुसकरा उठी।

रास्ते में पोस्ट ऑफिस देखते ही उसने रिक्शेवाले को रुकने को कहा। जाकर लिफाफे लिये। अस्पताल से लौटते ही आज माँ को पत्र लिखूँगी। जब तक डॉक्टर न कह दें तब तक क्या पता? अभी तीन ही महीने तो बीते है, पर लक्षण तो सारे वही हैं, जो भाभियों के उसने देखे थे।

अस्पताल में परचा बनवाकर नंबर लेकर बैठ गई। उसका छत्तीसवाँ नंबर था। अभी डॉक्टर राउंड पर थीं। कितनी देर में आएँगी पता नहीं, बैठे-बैठे उसका जी अकुलाने लगा और घबड़ाने भी। वह फिर सोचने लगी—सासजी आई होंगी, परचा देखकर घबड़ाई होंगी, किस डॉक्टर के यहाँ गई होगी? यह सोचकर शायद भाग-दौड़ भी करें।

उनकी घबड़ाहट और झल्लाहट की कल्पना से उसे खुशी हुई। पर फिर एक भय भी मन में घर करने लगा। आज की उनकी घबड़ाहट जब गुस्से में बदलेगी तब क्या होगा? सोचते-सोचते वह इतनी परेशान हो उठी कि निश्चय किया कि अब वापस चलना ही ठीक रहेगा। अभी पता नहीं कितनी देर लगेगी? प्राइवेट डॉक्टर के यहाँ से कब की लौट चुकी होती, पर वहाँ फीस भी देनी होती। माँ पैसे दे गई थीं। अभी तो हैं, पर आगे भी तो मुझे जरूरत पड़ेगी, फिर किसके सामने हाथ फैलाऊँगी?

फिर वह सोचने लगी कि पहले रवि से माँग लेती थी। वह कहता—'क्या करोगी? माँ से माँग लो न? मैं तो माँ को ही दे देता हूँ, अपने खर्चे के लिए भी मैं माँ से ही माँगता हूँ।' पर जब अंजना चुप हो जाती तो पैसे उसे देता था और माँ से अपने लिए फिर माँग लेता था। माँजी बेटे की ओर प्रश्नसूचक निगाहें डालतीं और पैसे दे देतीं। उन निगाहों में कुछ तो ऐसा होता ही था—अभी तो दिया था, फिर इतनी जल्दी? मैं सब समझती हूँ।

माँजी बहुत चतुर हैं। कमाऊ बेटा अपनी पगार बीबी को नहीं, माँ को लाकर देता है, यही क्या कम है आज के कलयुग में! माँजी प्रश्न खड़ा करके इस आदर्श स्थिति को बिगाड़ना नहीं चाहती थीं। इस आदर्श में ही उन्हें लाभ

था, संतोष था। नई बहू हाथ में पैसा आते ही बौरा जाएगी, अनाप-शनाप खर्च करने लगे तो? इसलिए बहू के लिए भी माँगकर देगा तो कंट्रोल तो होगा ही।

अब अंजना को याद नहीं है कि कब उसने रवि से पैसे माँगे थे। माँ के यहाँ से जो पैसे उपहार में मिले, उन्हीं से काम चलाती थी। अब तो तेल, साबुन, क्रीम आदि भी न कोई लाकर देता है और न पूछता ही है। वह भी स्वयं ही लाना पड़ता है।

अंजना पढ़ी-लिखी है, नारी मुक्ति आंदोलन की बातें भी यदा-कदा पढ़ती रही है और उसके मन में बार-बार प्रश्न भी उठता रहा कि वह सास और पति से इतना क्यों डरती है? क्या किया है इन लोगों ने अब तक उसके लिए? उलटे वही निरंतर उनकी सेवा करती आई है अपना धर्म समझकर। इतने सारे कामों के लिए यदि नौकरानी रखते तो उसे वेतन देना पड़ता, पर बहू तो मुफ्त की सेविका है। ऊपर से माँजी बार-बार सुनाती हैं—'हमारी पड़ोसन ने तो जब से बहू आई, महरी को भी छुड़ा दिया और कहती है—काम ही क्या है? तीन-चार प्राणियों का ही तो खाना बनाती है, दिन भर क्या करेंगी बहूजी?' यह सब अंजना चुपचाप सुन लेती और अपना काम करती रहती।

आज वह सोचने लगी कि यदि सचमुच मैं गर्भवती हो गई हूँ तो आगे तो इतना काम कर नहीं पाऊँगी, क्या तब भी माँजी का व्यवहार ऐसा ही रहेगा? रवि भी इस तरह माँ को दिखाने के लिए मेरी उपेक्षा करता रहेगा। हे ईश्वर! कैसा संस्कार है इस घर का? जाहिलियत और किसको कहते हैं? पर यह विचार अगर ओठों से फिसल जाए तो क्या होगा भला? सोचकर उसे हँसी आ गई। कितना तिलमिला जाएँगे ये लोग और मेरे पढ़े-लिखे परिवारवालों के संस्कार को माँजी मन-ही-मन कोसना शुरू कर देंगी। सीधे नहीं, अन्योक्ति के द्वारा कभी कह भी देंगी। लेकिन मेरे संस्कार मुझे इजाजत नहीं देते कि मेरे ओठों से कोई ऐसी-वैसी बात निकल जाए।

मेरे रिश्ते की एक भाभी थीं। मेरे पतले ओठों को देखकर कहती थीं—'बबुनी! पातर ओठ से कुतर-कुतर बहुत बतकही निसरत है, तनी सँभारि के बोल्यू ससुरे माँ।'

गाँव की भाभी से तब से भेंट नहीं हुई, नहीं तो बताती कि भाभी! देखो आकर, तुम्हारी नसीहत कितनी उतार ली मैंने अपने जीवन में। भाभी! तुम्हारे

ओठ तो मोटे-मोटे थे, फिर भी तुम खूब बोलती थीं और सच, स्पष्ट बात कह जाती थीं। चाहे किसी को अच्छा लगे या बुरा। कितनी उन्मुक्त हो भाभी, तुम गाँव के उस खुले वातावरण में, जहाँ लोग कहते हैं कि बंधन है, परदे की घुटन है; पर भाभी, तुम यहाँ शहर आकर देखो, यहाँ कितनी कसमसाहट है मन की। आज भाभी की याद बड़े दिनों बाद आई है।

मन की बात माननेवाला पति मिला होता तो वह आज ही बात करती कि छुट्टी लेकर चलो, मेरा गाँव देख आओ। चलो, तुम्हें दिखा दूँ कि जिस गाँव को लोग बंधनों में जकड़ा मानते हैं, वहाँ जकड़नें तो हैं, पर मन की उन्मुक्तता भी कितनी है। चलो तो, देखो कितना प्रेम और सम्मान है मेरे लिए वहाँ? मेरी इच्छाओं को पूरा करने के लिए कितना उत्सुक रहते हैं वहाँ के लोग।

पर शायद मेरा यह सोचना मेरे मन तक ही सीमित रह जाएगा। रवि, तुम नहीं जाओगे कभी मेरे गाँव, क्योंकि तुम्हारी माँ कभी मेरे साथ घूमने जाने की खुद तुम्हें इजाजत नहीं देंगी और तुम में इतना साहस नहीं है कि माँ से इजाजत माँग लो। जानती हूँ कि तुम कहोगे तो माँजी मना नहीं कर सकेंगी। लेकिन तुम कहोगे ही नहीं, यह भी जानती हूँ।

सोचते-सोचते उसके मुँह से आह निकल गई। बगल में बैठी स्त्रियाँ उसकी ओर देखने लगीं। उसने मुसकराने की कोशिश की। घड़ी में समय देखा, उसे यहाँ बैठे एक घंटा बीत चुका था। उसे फिर घबड़ाहट होने लगी।

नंबर आने में अभी बहुत देर थी। अंजना की घबड़ाहट उसपर इतनी हावी हो उठी कि उसने उठकर चल देने का ही निश्चय किया।

वह शीघ्रता से बाहर आई और सड़क पर जाते ही रिक्शा रोककर बैठ गई। 'जल्दी चलो भइया!' उसने पैसा भी तय नहीं किया। रिक्शेवाले की आवाज से चौंकी—'बहिनजी, कहाँ जाना है?'

उसने पता बता दिया और फिर रास्ते भर घबड़ाहट से पसीने-पसीने होती रही। हे भगवान्! अभी सासजी घर न लौटी हों, वरना बिना बात का बतंगड़ होगा।

रिक्शेवाले को मुँह माँगा किराया चुकाकर दरवाजे पर आई और ताला लगा देखकर जैसे जान में जान आ गई। ताला खोलकर अंदर पहुँची, अपना लिखा हुआ कागज फाड़ा और जल्दी से कपड़े बदलकर वह मशीन की फुरती

से वे सारे चिह्न मिटाने लगी, जिससे कि उसके बाहर जाने का बोध किसी को न हो सके।

सबकुछ व्यवस्थित करके वह माँ को खत लिखने बैठी। पर असमंजस ने फिर उसे घेर लिया।

क्या लिखूँ? आज डॉक्टर को दिखा दिया होता तो सही स्थिति पता लग जाती और तब ही लिखना ठीक होता। लेकिन अब शक की तो कोई बात ही नहीं। सारे लक्षण वही हैं, जो उसने सुन रखे थे। लेकिन उसने लिफाफे उठाकर अलमारी में रख दिए। अब फिर दूसरे दिन जाऊँगी। डॉक्टर को दिखाने के बाद ही माँ को पत्र लिखूँगी। आज का जाना तो व्यर्थ ही गया। बेकार बीस रुपए भी खर्च हो गए।

घर पहुँचकर मन और अनमना हो गया। कैसे काटे समय? काम में भी मन नहीं लग रहा है। सोना चाहने पर नींद भी नहीं आती। टी.वी. देखने से सर में दर्द होने लगता है।

आज उसे लगा कि उन दीवारों के बीच वह नितांत अकेली है। लोग कहते हैं, दीवालों के भी कान होते हैं, क्या ये दीवालें मेरी बात सुनेंगी?

अचानक वह हर तरफ दीवालों की ओर मुँह घुमा-घुमाकर कहने लगी—'सुनो-सुनो! मैं माँ बननेवाली हूँ, मैं माँ बननेवाली हूँ, मैं माँ बननेवाली हूँ।' अपनी आवाज वह घर के कोने-कोने में गुँजा रही थी। मेरे बच्चा होगा—'मेरे बच्चा होगा, मेरे बच्चा होगा।'

लगातार काफी देर तक उसे ऐसा कहते-करते विचार आया कि मैं पागल तो नहीं हो गई हूँ? मन सिहर गया। हाँ, ऐसा तो पागल ही करते हैं। उसने बचपन में एक पागल स्त्री को देखा था। वह अकेले में कभी स्वयं से ही बोलती थी, कभी हँसती थी, फिर कभी रोने लगती थी।

उसका मन हुआ कि वह भी जोर-जोर से हँसे। इस समय कोई डर नहीं है, कोई नहीं सुन रहा है। हाँ, दीवालों के कान हैं तो वे सुनें—'मैं बहुत खुश हूँ। क्योंकि मैं माँ बननेवाली हूँ। मेरे बच्चा होगा।'

फिर यह अहसास जगा कि मैं तो सचमुच उसी पागल स्त्री की तरह हो रही हूँ। अच्छा, रोकर देखती हूँ, क्या सचमुच रोना आता है। लेकिन माँ बननेवाली हूँ, यह तो खुशी की बात है, रोना कैसे आएगा? पर लोग कहते हैं कि खुशी में

भी तो आँसू निकल आते हैं। तो निकलो मेरे आँसू! अभी तक दुःख में आते थे, अब मेरे सुख में आओ। पर अगर मेरे माँ बनने की बात झूठ होगी तो मैं कैसे बरदाश्त कर पाऊँगी—यह सोचते-सोचते वह फूट-फूटकर रोने लगी। वह रोती गई, रोती गई।

क्या मैं सचमुच पागल तो नहीं हो गई? जाने क्यों उस पागल स्त्री की स्मृति मन में बार-बार कौंध रही थी। मन में यह भय घर करता जा रहा था कि कहीं मेरे दिमाग पर बुरा असर तो नहीं पड़ गया है। गाँव की एक स्त्री को इसी तरह कभी हँसने, कभी रोने की बीमारी लग गई थी। गाँववाले कहते थे कि भूत लगा है, पर डॉक्टर ने बताया था कि इसे हिस्टीरिया के दौरे पड़ते हैं। कहीं मुझे भी तो नहीं···। इतना सोचते ही वह रुदन से निढाल हो गई।

अंजना दूसरे दिन भी डॉक्टर के यहाँ नहीं जा सकी। उसका मन हुआ आज अपनी ननद को फोन करूँ, उसे बताऊँ। वह तो खुश होगी ही। उसने ननद को फोन किया तो पता चला कि वह सो रही है। उसकी सास बोलीं, ''जगा दूँ बेटा?'' उसने कहा, ''नहीं माँजी! रहने दीजिए, वैसे ही किया था, कोई काम नहीं था।'' उन्हें प्रणाम कहकर उसने फोन रख दिया।

उसे उम्मीद थी कि सुस्मिता जागेगी तो फोन की सूचना पाकर स्वयं ही करेगी। कुमकुम को लेकर बहुत दिनों से वह आई भी नहीं थी।

पिछली बार चार महीने पहले आई थी तो कुमकुम की तबीयत बहुत खराब हो गई थी। वह बता रही थी कि पंडित ने बताया था कि उस पर किसी ने टोना कर दिया है। टोना झड़वाते ही उसकी तबीयत सुधरने लगी थी। 'टोना' की बात सुनते ही उसकी ननद की निगाहें अंजना की ओर उठ गई थीं। अंजना ने पहले ही सोच लिया था कि कहीं मेरे ही ऊपर तो यह आरोप नहीं लग रहा है। तब से उसने सोच लिया था कि कभी कुमकुम की ओर नहीं देखेगी। तब से उसने फोन भी नहीं किया था। पर आज व्यर्थ में क्यों फोन कर दिया? उसने स्वयं को ही डाँटा। वह शाम तक इंतजार करती रही कि ननद का फोन आएगा, पर ऐसा नहीं हुआ।

इतने बड़े शहर में वह एकदम अकेली है। उसे यदि कुछ हो जाए तो वह किसी को बुला नहीं सकती। उसने माँ को पत्र लिखने का निश्चय किया। अब वह कुछ दिनों के लिए यहाँ से चली जाना चाहती है, वरना मानसिक रोगी हो

जाएगी। उसने माँ को पत्र लिखा—

माँ!

मेरा मन यहाँ बिलकुल नहीं लग रहा है। तुम किसी को भेजकर मुझे बुलवा लो। मेरी तबीयत इधर कुछ ठीक नहीं लग रही है।

आपकी बेटी।

पर पत्र लिखकर लगा कि इससे तो माँ-पिताजी घबड़ा जाएँगे। पता नहीं किसी को तुरंत आने का समय न हो या वे लोग दौड़े-भागे आएँ और यहाँ से माताजी विदा ही न करें तो क्या होगा? इसलिए चिट्ठी दूसरी तरह से लिखनी होगी।

पत्र फाड़कर उसने फिर लिखा—

माँ!

तुम लोगों को देखे बहुत दिन हो गए। बहुत याद आ रही है। मन लगा रहता है। कुछ दिनों के लिए आने का बहुत मन है। किसी को भेजकर मुझे बुलवा लो। भेजने से पहले यहाँ निश्चित प्रोग्राम पहले लिखकर भेज दो, जिससे यहाँ से भेजने में कोई दिक्कत न करें।

आपकी बेटी।

उसने झट से पत्र रखकर लिफाफा बंद कर दिया। उसे अपने चलायमान मन पर भरोसा नहीं था। कहीं फिर इरादा न बदल दे पत्र भेजने का। वह इसी समय पत्र को पोस्ट करना चाह रही थी, पर अब तो रवि के आने का समय हो गया था। माँजी भी पूरे अंदाज से ठीक उसी समय थोड़ी देर पहले आ जाती हैं।

शायद रवि को मालूम भी नहीं होगा कि माँजी भी दिन भर बाहर रहती हैं और अंजना एकदम अकेली पागलों की तरह यहाँ एकालाप करती रहती है।

उसका अनुमान सही निकला। दरवाजे की घंटी बजी। वह पहचान गई यह माँजी हैं। एक बार वे बहुत हलके से घंटी पर हाथ रखती हैं, जैसे यह भी उनका आभिजात्य तरीका हो।

उसने अब तक पत्र ले जाकर अपनी किताबों के बीच दबा दिया था, सिटकनी खोलकर किचन में घुस गई। आते ही माँजी को चाय की तलब होती है। अभी वह नहीं बनाएगी तो बनाने को कहेंगी भी नहीं। कपड़े बदलकर हाथ-मुँह धोकर स्वयं रसोई में जाकर बना लेंगी।

अंजना सोचती—कितने अच्छे होते हैं वे घर, जहाँ लोग अपेक्षाएँ करते हैं एक-दूसरे से और पूरा करते हैं। न पूरा होने पर लड़ते-झगड़ते हैं, रूठते-मनाते हैं। मैं कहाँ पत्थरों के जंगल में आकर फँस गई है।

चाय और जलपान मेज पर रख ढककर वह अपने कमरे में चली गई। अकेले चाय पीने की इच्छा नहीं हुई। रवि के साथ पीऊँगी उनके आ जाने पर। ऐसा वह अभ्यासवश सोच गई। पर रवि के साथ चाय पिए हुए उसे कितने महीने बीत गए, उसे याद नहीं। इस परिवार की जादुई छड़ी ने पहले से रह रहे दो पत्थरों के बीच उसे भी पत्थर की प्रतिमा बनाना चाहा था। पर लगता है, उसके हाथ की छड़ी छूट गई थी। तभी तो उसके भीतर ये सारी अपेक्षाएँ, ये मलाल बचे हैं। नहीं-नहीं, वह जरूर चली जाएगी यहाँ से। अपने बच्चे को वहाँ जन्म देगी, जहाँ लोग फूलों की तरह खिलते हैं, मुरझाते हैं, फिर खिलते हैं।

काश! पंख होते तो वह आज ही इस पिंजरे से उड़ जाती। यह पत्र कल पोस्ट करूँगी। कितने दिन में पहुँचेगा ? फिर वहाँ से उत्तर आएगा, यहाँ से स्वीकृति का पत्र जाएगा, तब कोई लेने आएगा और तब जा सकूँगी। ना बाबा ना, इतना इंतजार नहीं हो सकेगा मुझसे। माँ के पास फोन नहीं है। कल मौसी को फोन करूँगी। जाते समय मौसी अपना फोन नंबर दे गई थीं।

पर घर में एस.टी.डी. होते हुए भी लॉक रहता है। माँजी को जब कहीं करना होता है तो रवि मिला देता है। कल वह पत्र भी पोस्ट करेगी और फोन भी करेगी—सोचकर वह एक किताब लेकर बैठ गई। अब रवि के आने के वक्त गुड़िया सी सज-सँवरकर बैठना उसे रास नहीं आता। जो बोलता नहीं, माँ के डर से पत्नी की ओर देखता नहीं, उसके लिए क्या सजना-सँवरना।

उसने बचपन में अपने गाँव में एक गीत सुना था, जिसका भाव था कि पत्नी कहती है—कोल्हार में जहाँ कोल्हू से गन्ना पेरकर गुड़ बनाया जाता है, वहीं पर पति गन्ना पेरने में इतना दत्तचित्त है कि मेरी ओर देखता ही नहीं। वह खीझकर कहती है कि हे भगवान्! कोल्हू टूट जाए, काँतरि फट जाए और सारा रस बह जाए, जिससे इनकी एकाग्रता भंग हो और ये मेरी ओर देखें तो!

उस समय गीत सुनकर अंजना खूब हँसी थी। कैसी मूर्ख स्त्री है, पति को अपनी ओर खींचने के लिए कितना नुकसान कराने की प्रार्थना कर रही है। तभी उसे याद आई थी वह उक्ति—

आगि लागि घर जरिगा बड़ सुख कीन।
पिय के हाथ घइलवा भरि-भरि दीन।।

प्रिय के सान्निध्य के लिए यह बावलापन उसे हँसाता था। आज वह उस भावना की विह्वलता को समझने लगी थी। पर वह अब चाहकर भी यह विह्वलता अपने में पैदा नहीं कर पा रही थी। वह जैसी है वैसी ही बैठी रह जाती है। इधर तो अकसर ऐसा हुआ कि उसकी इच्छा बाल सँवारने की भी नहीं होती। सुबह नहाकर जो साड़ी पहन ली बिना इस्तरी की हुई, वही सारा दिन देह पर टँगी रह जाती है। कभी किसी ने टोका तक नहीं।

घंटी बजी, वह नहीं उठी। रवि के आने पर माँजी स्वयं दरवाजा खोलना पसंद करती हैं। कई बार वह उठी तो देखा माँजी द्वार तक पहुँच गई हैं, वह लौट आई थी। लगा कि माँजी यह दिखाना चाह रही हैं कि तुम्हारी पत्नी को तुम्हारी प्रतीक्षा नहीं है। कमरे में आराम फरमा रही है। मैं तुम्हारी प्रतीक्षा में कान-आँखें बिछाए बैठी हूँ।

रवि भीतर आया। माँ के साथ मेज पर बैठ गया। अब उसके लिए चाय कमरे में नहीं ले जानी होगी। पहले तो सीधे अपने कमरे में आता था और कपड़े बदलकर धम्म से लेट जाता था। कमरे में ही दोनों चाय पी लेते थे। 'माँजी बाहर अकेली बैठी हैं,' कहकर वह प्रतिवाद करती तो रवि उसकी ओर देखकर मुसकरा उठता था—'तुम्हारी यही अदा तो मुझे पसंद है। तुम माँ का ध्यान रखती हो तो मुझे खुशी होती है।'

अंजना सब का ध्यान रखते-रखते भूल ही गई थी कि किसी को उसका भी ध्यान रखना चाहिए या उसे भी स्वयं का ध्यान रखने की जरूरत है। आज जब उसने अपने बारे में सोचना शुरू किया तो लगा कि वह कितनी उपेक्षित रही और लगातार होती जा रही है।

अंजना ने रवि की चाय मेज पर लगा दी और स्वयं रसोई में ही खड़े-खड़े पी ली। माँ-बेटे मेज पर साथ बैठे हों तो अंजना वहाँ नहीं बैठती। इस परिवार के संस्कारों में यह बहू की ढिठाई और बेहयापन है कि वह सास के सामने पति के साथ बैठकर खाए-पिए।

मन मारकर अंजना ने खाना बनाया। सास और पति को खिलाकर स्वयं

रसोई में ही बैठकर थोड़ा-बहुत खा लिया। सब काम निपटाकर सोने गई तो रवि सो चुका था।

फिर इच्छा हुई कि रवि को जगाकर बता दे कि वह पिता बननेवाला है। पर फिर जबरन अपने आप को रोक लिया। बिना डॉक्टर से जाँच कराए कुछ भी न कहो।

फिर जैसे एकाएक वह एक भय की सिहरन से काँप उठी। उसे याद आई डॉक्टर मौसी की वह बात—'अंजना तो बिलकुल ठीक है, उसके पति को जाँच करानी होगी।' और फिर पति और सास के जाँच न करवाने के तरह-तरह के बहाने और टालमटोल।

कहीं ऐसा तो नहीं कि इन लोगों ने जाँच करा ली है और मुझसे छिपा रहे हैं। लेकिन ऐसा होता तो फिर मुझे ये सारे लक्षण गर्भ के? यह सब कैसे? यह तो प्रभु का वरदान ही हो सकता है। फिर भी अभी कुछ कहना ठीक नहीं। पहले डॉक्टर मौसी से मिलना ही ठीक रहेगा।

दूसरे दिन अंजना फोन करने के लिए निकलना चाह रही थी, पर आज रवि के जाने के बाद माँजी घर से नहीं निकल रहीं। वह इंतजार करती रही कि कब वे कहीं निकलें, पर माँजी आज खाने के बाद आराम करने भी अपने कमरे में नहीं गईं। बैठकर टी.वी. देखती रहीं।

अंजना का मन कसमसा उठा। एक मन ने निश्चय किया कि पूछ लूँ और घर से निकल पड़ूँ। पर फिर मन के संकोच ने उसे रोक लिया। चलो कोई बात नहीं, आज नहीं सही, कल देखा जाएगा।

किंतु दूसरे दिन भी यही हाल रहा। वह सोचने लगी—क्या माँजी को कहीं से पता लग गया है कि उनकी अनुपस्थिति में मैं बाहर जाती हूँ और इसलिए माँजी मेरी चौकीदारी करने घर बैठ गई हैं। मन एक अवश आक्रोश से सनसना उठा। महाकवि तुलसी की पंक्तियाँ याद आ गईं—

कत विधि सृजीं नारि जग माहीं।
पराधीन सपनेहुँ सुख नाहीं॥

ये पंक्तियाँ पार्वती की माँ ने बेटी की विदाई के समय कही थीं। इन पंक्तियों में एक मातृहृदय की चिंता है संपूर्ण नारी-जगत् की पराधीनता को लेकर। इसमें

एक आक्रोश भी है—सृष्टिकर्ता ने स्त्री की रचना ही क्यों की ? जब उसे पराधीनता का दर्द झेलने के लिए ही जन्म लेना था। पार्वती की माँ के रूप में अपनी माँ की कातर आँखें स्मृति में झलक आईं और मन भर आया। सास माँजी भी तो माँ ही हैं। क्या उन्हें मेरे मन की पीड़ा या इच्छा की तनिक भी परवाह करने की जरूरत नहीं ? किंतु इन अपेक्षाओं से केवल कष्ट ही मिलता है, सुख नहीं—ऐसा वह भलीभाँति समझ गई थी।

चौथे दिन अंजना के सब्र का बाँध टूट गया था। आज उसने दृढ़ निश्चय कर लिया कि वह घर से जरूर निकलेगी। उसने रोज की तरह घर का काम समाप्त कर तैयार होना शुरू किया। माँजी चुपचाप देखती रहीं।

अंजना का मन हुआ कि माँजी से कहूँ कि मैं डॉक्टर के यहाँ चेकअप कराने जाना चाहती हूँ, क्योंकि माँजी भी यह अनुभव कर रही होंगी कि मैं खाना नहीं खा पा रही हूँ और कुछ सुस्त हूँ। वैसे आज अंजना ने दर्पण में अपना चेहरा देखा तो चौंक पड़ी। लग रहा था कि शरीर से रक्त निचोड़ लिया गया हो। चेहरे पर हलका पीलापन नजर आया था, पर उसे यह देखकर चिंता नहीं बल्कि प्रसन्नता ही हुई थी कि ये सभी लक्षण गर्भवती होने के हैं।

वह सोचने लगी कि क्या रवि और माँजी ने मेरी ओर देखना भी छोड़ दिया है। एक ही छत के नीचे तीन प्राणी रह रहे हों और किसी के स्वास्थ्य की गिरावट दूसरे देख न सकें। इससे बड़ी विडंबना और क्या हो सकती है ? मैं इतनी फालतू हो गई हूँ इस घर के लिए। यह सोचते ही उसका मन कसमसा उठा और डॉक्टर मौसी की चेतावनी याद आई।

मौसी ने कहा था—'अज्जू! अपना भाग्य-विधाता आदमी स्वयं होता है। दूसरों की ओर मुँह ताकने से या अपेक्षाएँ बनाए रखने से अच्छा है कि अपनी ओर स्वयं ताको और अपनी अपेक्षाओं को स्वयं पूरा करने की कोशिश करो।'

यह स्मरण उसके भीतर एक ताजगी लेकर आया और वह बाहर निकलने के लिए साहस जुटाने में सफल हो गई। अब उसने देर करना उचित नहीं समझा। क्योंकि वह अपने संकल्प-विकल्प में जूझते ऊहापोह में फँसनेवाले मन से परिचित थी।

वह तैयार होकर माँजी के सम्मुख खड़ी होकर बोली, ''मैं डॉक्टर के यहाँ जा रही हूँ।'' माँजी कुछ नहीं बोलीं। उसे उम्मीद थी कि शायद पूछेंगी कि

क्या हुआ ? किंतु उन्होंने उसे केवल सिर उठाकर देखा बस। अंजना इस उपेक्षा से मर्माहत हो उठी। उसके मन में आया कि पूछे—क्या मेरे जीवन की चिंता आप लोगों को बिलकुल नहीं है ? किंतु वह यह प्रश्न केवल मन में सोच रही थी, पूछने का साहस उसे नहीं हुआ। वह धीमे पाँव घर से बाहर निकल आई।

अंजना आगे बढ़ती जा रही थी। समझ में नहीं आ रहा था कि पी.सी.ओ. जाकर पहले डॉक्टर मौसी को फोन करे या डॉक्टर को दिखाकर स्थिति स्पष्ट हो जाने पर फोन करे। किंतु अब डॉक्टर को दिखाना इसलिए भी जरूरी हो गया है कि माँजी को बता चुकी हूँ और अब यह बात माँजी तक ही नहीं रहेगी, रवि को भी मालूम हो जाएगी। हो सकता है कि डॉक्टर का परचा भी दिखाने की जरूरत पड़े, क्योंकि फोन करने जानेवाली बात तो उन लोगों के क्रोध का कारण बन जाएगी।

वह डॉक्टर के यहाँ पहुँची, वहाँ भीड़ छँट चुकी थी। केवल दो मरीज रह गए थे। डॉक्टर भी उठने की जल्दी में थीं, क्योंकि कंपाउंडर ने कहा कि आज डॉक्टर साहब और मरीज नहीं देखेंगी।

किंतु अंजना वहाँ बेंच पर चुपचाप बैठ गई। वह शारीरिक और मानसिक रूप से अत्यंत थकान का अनुभव कर रही थी। दो मरीजों को देखने के बाद डॉक्टर उठकर जाने लगीं, लेकिन वह बेंच पर बैठी अंजना को देखकर रुक गईं। कंपाउंडर से बोलीं, "तुमने बताया नहीं कि अभी एक मरीज देखने को बाकी है।" कंपाउंडर ने उसे घूरकर देखते हुए कहा कि मैंने इन्हें बता दिया था कि डॉक्टर साहब और मरीज नहीं देखेंगी, पर यह मानी नहीं। डॉक्टर ने अंजना को अंदर आने का इशारा किया। उसके पहुँचते ही बोलीं, "क्या तकलीफ है ?" अंजना घबड़ाहट में कुछ बोल ही नहीं सकी। वह क्या और कैसे बताए कि क्या हुआ है ? डॉक्टर जल्दी में भी थीं और मरीज की चुप्पी से एकदम खीझ उठी—"क्या तकलीफ है बताओ, मुझे देर हो रही है।"

अंजना सकपकाती हुई बोली, "डॉक्टर साहब मैं…।"

डॉक्टर समझ गईं कि वह घबराई हुई है। डॉक्टर ने उसे बैठ जाने को कहा और पानी पीने को दिया। उसके पानी पी लेने पर मुसकराती हुई बोलीं—

"तुम्हारा क्या नाम है ?"

"अंजना।"

''पति का नाम?''

''रवि।''

''विवाह को कितने वर्ष हुए?''

''आठ वर्ष।''

''कोई बच्चा है?''

''नहीं।''

''बच्चे के लिए दिखाना चाहती हो?''

अंजना ने संकोच से सिर झुका लिया।

डॉक्टर ने उसे परीक्षण के लिए लेट जाने को कहा।

परीक्षण करते हुए पूछा, ''मासिक ठीक होता है, पिछली बार कब हुआ?''

''दो महीने से ऊपर हो गए। मुझे खाना अच्छा नहीं लगता। कुछ खाने पर उलटी आती है। मैं जानना चाहती हूँ कि क्या मैं माँ बननेवाली हूँ?''

डॉक्टर परीक्षण के बाद गंभीर हो उठीं और खून की जाँच के लिए लिखा। उसने जाँच के लिए खून दे दिया।

तुरंत यूरिन टेस्ट किया। उसमें गर्भ के लक्षण नहीं थे।

डॉक्टर बोलीं, ''मुझे नहीं लगता कि तुम्हें गर्भ है, लेकिन परसों रक्त के परीक्षण के बाद ही सही बात निश्चित रूप से बता पाऊँगी।''

फिर डॉक्टर उसे सांत्वना देती हुई बोलीं, ''देखो, कभी-कभी मनोवैज्ञानिक कारणों से भी मासिक धर्म बंद हो जाता है। बच्चे के प्रति तुम्हारी इच्छा इतनी प्रबल है कि तुम्हारे साथ ऐसा हो गया। कभी-कभी भय के कारण भी फाल्स प्रेगनेंसी हो जाती है और गर्भ के सारे लक्षण प्रकट होने लगते हैं। वैसे तुम्हारे परीक्षण से ऐसा नहीं लगता कि तुम्हारे भीतर कोई कमी है। फिर भी ब्लड रिपोर्ट आ जाने दो। मैं तुम्हारा इलाज करूँगी और तुम्हें बच्चा जरूर मिलेगा।''

अंजना डॉक्टर के सामने फूट-फूटकर रोने लगी।

डॉक्टर ने उसकी पीठ पर हाथ रखकर कहा, ''तुम इतनी निराश क्यों हो?''

वह रोते हुए बोली, ''डॉक्टर साहब! मेरे घरवाले मेरा इलाज नहीं कराएँगे।''

डॉक्टर ने कहा, ''तुम अपने पति को साथ लेकर आओ। उनका भी परीक्षण करवाना होगा और मैं उनसे बात भी करूँगी।''

अंजना शून्य में ताकते हुए बोली, "डॉक्टर साहब! वे नहीं आएँगे। वे अपनी माँ के कहे बगैर कुछ नहीं करते और माँजी जाने क्यों उनका परीक्षण नहीं करा रही हैं?"

डॉक्टर ने सिर हिलाते हुए कहा कि इसका मतलब यही हो सकता है कि तुम्हारे पति में ही कमी है और तुम्हारी सास इस बात को जानती हैं। प्राय: ऐसा होता है कि पुरुषों की कमी को भी स्त्री के ही ऊपर थोपकर लोग इसे प्रतिष्ठा का प्रश्न बना लेते हैं।

"पर तुम भी धैर्य रखो। परसों मुझसे फिर मिलना मैं तुम्हारी पूरी मदद करूँगी, लेकिन तुम्हारे पति को एक बार मुझसे मिलना जरूर चाहिए। यह तुम उसे समझाकर कहना।"

फिर डॉक्टर ने पूछा, "क्या तुम्हारे घरवालों को भी भ्रम है कि तुम गर्भवती हो?"

अंजना ने कहा, "मुझसे न किसी ने पूछा और न ही मैंने बताया। आजकल न कोई मुझसे बोलता है और न मैं किसी से बोलती हूँ। डॉक्टर साहब! मैं कितनी खुश थी! आज मेरी सारी आशाओं पर पानी फिर गया। लगता है कि मेरा जीवन व्यर्थ है।" कहकर वह फिर रो पड़ी।

डॉक्टर ने उसकी पीठ थपथपाई और बोलीं, "धीरज रखो तुम, विज्ञान के इस युग में कुछ भी असंभव नहीं। चिकित्सा विज्ञान ने टेस्ट ट्यूब बेबी को जन्म दिलाकर संतान के इच्छुक माता-पिताओं के लिए आशा के द्वार खोल दिए हैं। निराशा का कोई कारण नहीं है। तुम धीरज रखो। परसों ठीक ग्यारह बजे आ जाना।"

अंजना बुझे मन से बोली, "कह नहीं सकती डॉक्टर साहब कि वे आएँगे कि नहीं और मैं भी आ सकूँगी या नहीं, यह भी कहना कठिन है।" कहकर अंजना डॉक्टर से नमस्ते कहकर उठ खड़ी हुई और धीमी गति से बाहर जाने लगी। डॉक्टर ने देखा, जैसे उसके पावों में ताकत ही नहीं है और वह नींद में लहराती हुई चल रही है।

उन्हें अफसोस हुआ, पर किसी के व्यक्तिगत मामले में हस्तक्षेप करने का उन्हें क्या अधिकार था।

अंजना घर लौट रही थी। माँ और मौसी को फोन करने का उसका उत्साह

समाप्त हो गया था। क्या कहे? कौन सी खुशी की खबर है?

घर पहुँची, माँजी बरामदे में धूप सेंक रही थीं। उन्होंने नजर उठाकर देखा भी नहीं। अंजना बीमार, कमजोर सी धीरे-धीरे भीतर गई और बिना कपड़े बदले बिस्तर पर लेट गई।

उसने दिन भर कुछ खाया-पिया नहीं। कंबल के नीचे उसके आँसू बहते ही रहे। रोते-रोते आँखें लाल हो गईं। सिर दर्द कर रहा था। सासजी कई बार झाँक गई थीं। खाना ज्यों-का-त्यों पड़ा था। चाय बनाकर माँजी ने पी और उसके लिए लाकर कमरे में ढँककर रखते हुए बोल गई थीं—"चाय रखी है।"

अंजना का मन नहीं हुआ कि उठे। चाय ढकी पड़ी रह गई थी।

रवि आया। माँ ने बताया—"डॉक्टर के यहाँ कहकर गई थी, तब से लेटी है। खाना बनाकर रखा हुआ है, खाया नहीं है। मैं चाय बनाकर दे आई थी, वह भी पड़ी है। अब जाकर देखो, तुम्हारे कहने से शायद खा-पी ले।"

रवि कमरे में गया और उलाहने के स्वर में बोला, "क्या हुआ है? खा-पी क्यों नहीं रही हैं? डॉक्टर के यहाँ क्यों गई थीं?"

अंजना ने कंबल नहीं हटाया। रवि उसकी चारपाई पर बैठ गया। उसके मुख से कंबल हटाया, माथे पर हाथ रखा, तप रहा था। अंजना की आँखें लाल थीं, तकिया आँसुओं से भीगा हुआ था। आज इतने दिनों बाद रवि के सम्बोधन और स्पर्श ने उसे और रुला दिया था। वह उठकर बैठ गई थी, रवि ने उसका हाथ थाम लिया था। "क्यों अंजू? क्या हो गया है तुम्हें? हम लोग तुम्हारे दुश्मन हैं क्या? क्यों नहीं बताती हो हमसे अपनी तकलीफ?"

अंजना रोते-रोते बोल उठी—"आप लोग क्या मेरी तकलीफ जानते नहीं? क्यों मुझसे आप लोगों ने बोलना बंद कर दिया है। मेरा कसूर क्या है? मेरे सुख-दुःख को जानने-समझने की जरूरत क्या आप लोगों को नहीं होनी चाहिए?" वह रोती जा रही थी और बोलती जा रही थी। आज जाने कितने दिनों का बाँध टूट गया था।

रवि चुप था।

उसने अंजना के आँसू पोंछते हुए कहा, "जो नहीं हो सकता उसके लिए हाथ-पैर मारने, कूदने-फाँदने से कोई फायदा नहीं। अंजू! क्या मेरी इच्छा नहीं होती? तुम समझती हो मैंने जाँच नहीं कराई। मैं जाँच करा चुका हूँ। मुझे संतान

नहीं हो सकती। माँ और मैं इसलिए नहीं बता रहे थे कि तुम्हें दुःख होगा, पर तुमने उसका उल्टा अर्थ लगाया। भगवान् को यही मंजूर था तो क्या किया जाए। क्या माँ को तकलीफ नहीं है? तुम ऐसा करके उनको और तकलीफ दे रही हो। चलो उठो, चाय पी लो। सबके भाग्य में सबकुछ नहीं होता।''

अंजना सन्न रह गई थी। उसे लगा कि उसके पैर के नीचे से जमीन खिसक गई हो और वह एक गहरे कुएँ में जा गिरी हो, जहाँ प्रकाश की कोई किरन नहीं है।

वह रवि के साथ उठकर बाहर आई। माँजी चाय बनाकर मेज पर इंतजार कर रही थीं। उसने धीरे-धीरे सबके साथ चाय पी। कुछ और खा नहीं सकी। किसी ने भी कुछ नहीं खाया।

दूसरे दिन अंजना ने सामान्य रूप से घर और रसोई का कार्य पूरा किया। मन में न कोई उत्कंठा थी, न उत्साह। मशीन की तरह लगी रही। उसे उम्मीद थी कि कल रवि को डॉक्टर साहब के यहाँ ले जाने में सफल हो जाऊँगी, क्योंकि कल रात को रवि को अपना भ्रम और डॉक्टर से हुई बातों के संबंध में वह बता चुकी थी और रवि चुपचाप सुनता रहा था।

रवि जब ऑफिस जाने लगा तो बड़ी आत्मीयता के साथ अंजना ने कहा, ''सुनिए! डॉक्टर साहब के यहाँ कल ग्यारह बजे चलना है। ऑफिस से छुट्टी ले लीजिएगा या लेट आने के लिए बोल दीजिएगा।''

रवि ने उसकी ओर आक्रोश भरी निगाहों से देखा।

''तुम्हारे ऊपर समझाने का कोई असर नहीं। क्यों मेरी बेइज्जती करवाने पर तुली हो? मैं कहीं नहीं जाऊँगा। मेरी ओर से पूरी छूट है तुम्हें, तुम दूसरी शादी कर सकती हो। तुम्हें मुझसे ज्यादा बच्चा जरूरी है तो जाकर किसी के भी बच्चे की माँ बन सकती हो।''

अंजना चीख उठी—''चुप रहिए। आप कह क्या रहे हैं?''

रवि बिना कुछ बोले चला गया।

□

पिछली साँझ रवि की सहानुभूति पाकर अंजना का दुःख कम हो गया था और उसके प्रति सहानुभूति से मन भर उठा था। सोचने लगी थी कि मैं कितना गलत सोच रही थी। माँजी और रवि मेरे प्रति कितनी ममता रखते हैं, किंतु

आज फिर रवि ने उसका दिल तोड़ दिया था।

अंजना करे तो क्या, उसकी समझ में नहीं आ रहा था। डॉक्टर साहब के यहाँ कल ही तो जाना है। लोग कहते हैं कि स्त्री यदि ठान ले तो जो चाहे कर सकती है या अपने पति से करा सकती है, पर मैं तो कुछ भी नहीं करा सकती। कितनी कमजोर हूँ मैं?

रवि के कमरे में आज वह सारा स्वाभिमान ताक पर रखकर आई थी। आज वह अपनी बात मनवाकर ही रहेगी। आज वह पत्नी के अधिकार का उपयोग करेगी।

रवि आँख मूँदे लेटा था। उसने उसके माथे पर बड़ी कोमलता से हाथ रखा। उसने आँखें खोलीं। वह मुसकराई। उसने मुसकान का उत्तर देने में कोताही की, पर अंजना आज फिर से अपनी पुरानी चपलता में वापस लौटने की कोशिश कर रही थी या यह कहना अधिक ठीक होगा कि नाटक कर रही थी। रवि उसके उत्साह को देखकर उत्साहित हो उठा। उसे भी पश्चात्ताप होने लगा कि अपने झूठे दंभ के कारण अपनी भोली-भाली पत्नी को कितना रुलाया। सचमुच, कितनी अच्छी है मेरी अज्जू। उसने उसे बाँहों में भर लिया। आज महीनों बाद उसका दांपत्य भाव लौट आया था। वे परस्पर खो गए।

यही वह क्षण था, जिसकी अंजना को प्रतीक्षा थी। वह दुलराते हुए उसके बालों में उँगलियाँ फेरते हुए बोली, "रवि! मेरे रवि! तुम कितने अच्छे हो। तुम मेरी बात मानोगे न?"

रवि उसके कान से मुँह सटाकर बोला, "बोलो अज्जू! क्या चाहती हो?"

अंजना ने उसके हृदय में मुँह छिपाते हुए कहा, "कल डॉक्टर साहब के यहाँ चलोगे न?"

रवि को जैसे बिजली का करंट लग गया हो, छिटककर उसे अलग करते हुए कहा, "लगता है कि तुम मुझे जीने नहीं दोगी। भगवान् मुझे मौत दे दे, तब तुम दूसरा ब्याह रचा लो और बच्चा पा जाओ। इसके अलावा और कोई रास्ता नहीं।" कहकर वह उठकर कमरे से बाहर जाने लगा। अंजना ने दौड़कर उसके पाँव पकड़ लिये। मैं आज कसम खाती हूँ, इसके बाद कभी तुम से कुछ नहीं कहूँगी। चाहे घुट-घुटकर मर ही क्यों न जाऊँ।

रवि बाहर जाकर माँ की नींद खराब नहीं करना चाहता था, इसलिए चुपचाप

आकर अंजना की ओर पीठ करके लेट गया। थोड़ी देर में उसके खर्राटे सुनाई देने लगे। पर अंजना की आँखों में लगा कि लाल मिर्च पड़ गई हो। वह रवि की पीठ की ओर देखती बैठी रह गई।

सोते में रवि का चेहरा बहुत भोला-भाला लगता था। अंजना सोचती थी— बेटा हो तो रवि जैसा, बेटी हो तो मेरे जैसी। पर आज अंजना को रवि के चेहरे में कहीं से भी भोलापन नहीं दिखा। वह एक स्वार्थी, अहंकारी, कायर पुरुष है। अंजना का मन घृणा से सुलग उठा था। हे ईश्वर! ऐसे आदमी के साथ कैसे जीवन काटेगी वह?

सुबह रवि उठा तो उसने देखा, अंजना अपनी बाँहों में सिर धरे बैठे-बैठे सो गई थी। रवि को उसपर दया आ गई और सोचा, लगता है कि रात भर जागती हुई बैठी रह गई है। इच्छा हुई कि धीरे से उसे सुला दे। पर छह बज रहे थे अगर यह नहीं उठी तो माँ को अकेले काम करना पड़ेगा। माँ मुझे खाए बिना जाने नहीं देंगी।

रवि जानता है कि उन दोनों के बीच अनबन से माँ को कष्ट होता है। बेचारी माँ ने कितने दुःख उठाए हैं मेरे लिए। पिता के न रहने पर भी उसे किसी बात की कमी महसूस नहीं होने दी। रवि यह भी जान गया था कि माँ को मालूम था कि मुझे संतान नहीं हो सकती फिर भी मेरा विवाह जान, बूझकर यानी इसलिए किया कि मेरे जीवन में एकाकी सूनापन न रहे। माँ उस ग्लानि से घुली जा रही है, इसलिए माँ को वह लज्जित नहीं करना चाहता था, बार-बार इस प्रसंग को दोहराकर।

□

रवि ने जब अपनी जाँच कराई तो डॉक्टर ने जो रहस्योद्‌घाटन किया, उससे वह सन्न रह गया। उसका ऐसा ऑपरेशन हो चुका था, जिससे उसकी प्रजनन क्षमता समाप्त हो चुकी थी। उसकी अपनी याद में तो ऐसा ऑपरेशन कभी नहीं हुआ था।

उस दिन रवि ने माँ से पूछा था, 'माँ! क्या बचपन में मेरा कोई ऑपरेशन हुआ था?'

माँ ने पूछा, 'क्यों? किसने कहा?'

'डॉक्टर कह रहे थे।'

'हाँ, हुआ था, तुम्हें चोटें लगी थीं। तुम्हारे प्राण बचाने के लिए ऑपरेशन कराना जरूरी था।'

'माँ, क्या तुम जानती थीं, तुम्हें डॉक्टर ने कुछ बताया था।'

'हाँ, बताया था।'

'तब तुमने सबकुछ जानते हुए···।'

'हाँ, तू यही पूछना चाह रहा है न कि तेरा विवाह क्यों किया? तो सुन, इसलिए किया बेटा कि तुझे एक साथी चाहिए था, मुझे एक बहू चाहिए थी, मेरा हाथ बँटाए। मैं कब तक तुम्हें पकाकर खिलाऊँगी। मेरी भी तबीयत अब ठीक नहीं रहती।'

'लेकिन माँ!···'

'जिंदगी में किसी को सबकुछ नहीं मिलता। जितना भाग्य में होता है, वही मिलता है। क्या मुझे कम दुःख है। मेरा तो वंश ही डूबने वाला है।' कहकर माँ रो पड़ी थीं। तब से रवि ने इस विषय में सोचना या बोलना ही छोड़ दिया था।

अंजना नहीं जानती कि डॉक्टर कुछ नहीं कर सकती। जिस चिकित्सा विज्ञान की बात वह कह रही थी। उसके बारे में उस डॉक्टर ने भी बताया था कि तुम्हारी पत्नी माँ बन सकती है यदि तुम चाहो तो। कृत्रिम गर्भाधान से।

पर रवि ने डॉक्टर की बात काटते हुए कहा था, 'नहीं डॉक्टर, नहीं। मैं और मेरी पत्नी दोनों ही इसे पसंद नहीं करेंगे।'

डॉक्टर ने समझाते हुए कहा था, 'देखो, पति-पत्नी दो देह एक प्राण होते हैं। तुम्हारी पत्नी की संतान भी तुम्हारी ही होगी और अब तो चिकित्सा विज्ञान ने इस तरह की प्रगति कर ली है। हमारे पुराणों-शास्त्रों में तो नियोग तक को मान्यता देने की उदारता बरती गई है।' पर रवि के हलक के नीचे यह बात नहीं उतरी।

रवि को माँ के ऊपर दया आई और क्रोध भी। माँ ने मेरे सुख के लिए ही तो किया था यह छल। पर अंजना को कैसे तसल्ली दूँ। उसके साथ जो अन्याय हुआ, उसका प्रतिकार कैसे करूँ? क्या डॉक्टर की सलाह मान लूँ? डॉक्टर कहते हैं, तुम्हारी पत्नी माँ बन सकती है। यदि तुम चाहो तो कृत्रिम गर्भाधान से···नहीं-नहीं···।

यह कैसे संभव है? किसी और का बीज मेरी पत्नी की कोख में पले, यह मैं कैसे बरदाश्त कर सकता हूँ?

अंजना को संतोष करना चाहिए। उसका भी तो धर्म भ्रष्ट होगा, परपुरुष की संतान पाकर क्या उसे ग्लानि नहीं होगी? यदि वह पतिव्रता स्त्री है तो उसे तो स्वप्न में भी यह बात नहीं सोचनी चाहिए।

सती पतिव्रत नारियों के गौरवपूर्ण इतिहास के कारण भारत आदर पाता रहा है। कहते हैं कि यदि कितना भी पाप हो जाए, धरती पर इन सती नारियों के तप और सत् से ही धरती टिकी है। नहीं-नहीं मेरे ही घर में मेरी ही पत्नी द्वारा यह अनाचार हो, यह मैं बरदाश्त नहीं कर पाऊँगा।

वह तेजी से उठा, दरवाजा जोर से खोला और छोड़ दिया, 'भड़ाक' की आवाज हुई।

अंजना की आँख खुल गई। अरे, क्या मैं बैठे-बैठे सो गई थी? फिर याद आई रात की बातें। मन हुआ, ऐसे ही बैठे-बैठे मर क्यों नहीं जाती मैं? आखिर जीने की आवश्यकता ही क्या है? संतान हो नहीं सकती। पति को मेरे सुख-दुःख, इच्छा-अनिच्छा की कोई परवाह नहीं है। वरना यह जानते हुए कि मैंने रात भर बैठकर काटी है, वह इस तरह दरवाजे को भड़ाक की आवाज न करने देता।

काश रवि! तुमने मुझे छूकर इतना ही पूछ लिया होता—अरे अंजू! तुम बैठी ही रह गईं?

या मुझे पकड़कर लिटा सकता था। अच्छा, थोड़ी देर सो जाओ।

या कुछ न करता, दरवाजा धीरे से खोलकर बिना आवाज के ही चला जाता कि अंजना की आँख लगी है। पर…

इस पर के आगे जाने कितने प्रश्नचिह्न थे, जिन्हें जानते हुए भी बार-बार ऐसी अपेक्षाएँ क्यों करती है?

उसे अपने पर खीझ भी आई। मैं क्यों नहीं सोच पाती कि मैं ऐसे लोगों के पास आ गई हूँ, जो किसी भी तरह की अपेक्षा के लायक नहीं हैं। पर मन है कि बार-बार टूटता है और जहाँ से टूटता है वहीं से बार-बार जुड़ने की कोशिश करता है। इसे मन की कमजोरी कहा जाए कि जिजीविषा शक्ति, वह कुछ नहीं समझ पाती।

उसका मन नहीं हुआ कि उठे। पर अब उसे फिर से भय भी लगने लगा। कहीं मेरे हठ के कारण अपनी कमजोरी का रहस्य छिपाने के लिए मुझे समाप्त करने की ही योजना न बन जाए। इतने वर्षों से जो लोग इतना बड़ा रहस्य छुपा कर इतना बड़ा छल मेरे साथ कर सकते हैं, आगे कोई और छल नहीं करेंगे, इसकी क्या गारंटी है ? अब मुझे सतर्क भी रहना है।

वह मन मारकर उठी। शरीर और मन दोनों ही साथ नहीं दे रहे थे, पर किसी तरह अपने को घसीटते हुए काम करती रही। नहा-धोकर, खाना बनाकर वह अपने कमरे में बंद हो गई।

आज वह दाल में नमक डालना भूल गई थी। सब्जी में दो बार नमक डाल दिया था। इतने दिनों की मानसिक दुश्चिंताओं ने उसे ऐसा महसूस करा दिया था कि वह एक यातना शिविर में अपने दिन काट रही है और मृत्यु के सिवाय मुक्ति का कोई उपाय नहीं है।

रवि ने दाल और सब्जी मिलाकर नमक का संतुलन कर लिया और खाना खाकर चला गया था। कुछ बोलने का अवसर नहीं था आज। यह वह अनुभव कर रहा था।

माँजी भी गुमसुम हो गई थीं। आज कुछ अघटित हो गया है पति-पत्नी के बीच। यह वह अंदाज लगा चुकी थीं। उनसे भी कुछ खाया नहीं गया।

दोपहर को उन्होंने अंजना के कमरे में दस्तक दी। उसने उठकर दरवाजा खोला। सामने माँजी थीं। बुझी-बुझी सी आँखें ग्लानि से चेहरा मलिन था। अंजना किवाड़ खोलकर सिर नीचा करके एक ओर खड़ी हो गई।

माँजी ने अंजना का हाथ पकड़कर बैठा लिया। बोली नहीं। अंजना का दिल धड़क रहा था। माँजी ने उसे कभी जाहिल औरतों की तरह डाँटा-फटकारा नहीं था, पर अंजना को लगता था कि भीतर-ही-भीतर शीतयुद्ध उन दोनों के बीच पिछले कई वर्षों से चल रहा था। उसने भी कभी उनसे जवाबदेही नहीं की थी। पर भीतर-ही-भीतर उनके प्रति मन में अनादर का भाव पनपते-पनपते बड़ा हो गया था।

आज के उनके व्यवहार से वह अस्थिर हो उठी। माँजी ने उसे धीरे से पुकारा—"अंजना! चलो, खाना खा लो।" वह कहने जा रही थी कि मेरी इच्छा नहीं है, पर कह नहीं सकी। उनके साथ उठकर बाहर आ गई। माँजी ने अंजना

और अपनी दोनों की थाली परसी। अंजना के शुरू करने पर ही उन्होंने भी खाना शुरू किया। दोनों ही एक तरह से खाने का धर्म निभाने बैठी थीं। अलोनी दाल खाकर अंजना ने सास की ओर निगाह उठाई। माँजी ने सब्जी उसकी दाल में मिलाकर कहा, ''अब खाओ, बराबर हो गया।''

सुबह रवि को दाल खाकर चौंकते और सब्जी-दाल मिलाकर खाते-खाते देखकर ही माँजी समझ गई थीं। वरना रवि तो इतनी नफासत से खाता था कि चावल भी दाल में मिलाकर नहीं खाता था। एक चम्मच चावल खाकर ऊपर से दाल खाता था।

☐

माँजी ने रवि से पूछ लिया—''आज तुम दोनों में झगड़ा हुआ था?''

रवि बोला, ''आज वह डॉक्टर के यहाँ जाने को बोल रही थी। उसे मैंने सबकुछ बताकर जाने से मना कर दिया था।''

माँजी सन्न रह गईं।

बोली नहीं। मन-ही-मन कहने लगीं—रवि! यह तुमने क्या किया? अब मैं बहू को कैसे मुँह दिखलाऊँगीं? कैसे उसके माता-पिता के सामने सिर ऊँचा करके खड़ी हो सकूँगी। मैंने भोली-भाली अंजना की जिंदगी में अंगारे बिछाकर जो अपराध किया है, उसका प्रायश्चित्त करने का क्या कोई उपाय है?

मेरी मृत्यु से यदि इनका दुःख दूर हो सकता तो मैं मृत्यु का वरण कर लेती। पर जानती हूँ कि ये दोनों ही मेरे मरने के बाद टूट जाएँगे। वे सोचने लगीं। मुझे ही कोई राह निकालनी पड़ेगी और सोचते-सोचते वे अंजना के कमरे में दस्तक दे चुकी थीं।

अंजना मेज से जूठे बरतन हटाकर मेज पोंछने लगी। माँजी देख रही थीं। क्या मनों की मैल भी पोंछने से साफ नहीं हो सकती?

अंजना हाथ धो-पोंछकर आई।

माँजी ने कहा, बैठो, तो वह बैठ गई।

''क्या तुम डॉक्टर के यहाँ गई थीं?'' माँजी ने अनजान बनते हुए पूछ लिया।

अंजना कुछ बोली नहीं, उसकी पलकों में दो मोटे अश्रुबिंदु उलझ गए, उन्हें रोकने की कोशिश में उसने मुख फेर लिया।

माँजी फिर पूछ रही थीं—''क्या कहा उन्होंने, मुझसे कुछ बताओगी नहीं, अंजू?''

अंजना के ओठ काँपे, क्या बतलाऊँ? और उसकी मुट्ठियाँ कस गईं, दाँती बैठ गई। उसका सारा शरीर काँपने लगा। वह अचेत हो गई। माँजी घबड़ा गईं। उसके हाथ-पैर के तलवे सहलाने लगीं। चेहरे पर पानी के छीटें मारे। उसकी चेतना लौट आई। वह अचकचाकर चारों ओर देखने लगी, जैसे सपने से जागी हो। क्या हो गया था मुझे? कहीं माँजी ने मुझे कुछ खिला तो नहीं दिया? वह उनकी ओर भय से देखने लगी।

माँजी ने उसके माथे पर हाथ फेरते हुए ढाँड़स दिया—''घबड़ाओ नहीं। तुम्हें चक्कर आ गया था, तुम्हें डॉक्टर के यहाँ ले चलती हूँ।'' माँजी ने जल्दी-जल्दी साड़ी बदली और कपड़े लाकर देती हुई बोलीं, ''चलो, डॉक्टर के यहाँ ले चलती हूँ।'' माँजी जल्दी से बाहर निकलकर रिक्शा ले आईं। अंजना भी उनकी ओर डरते हुए देख रही थी। पता नहीं डॉक्टर से मुझे क्या दवा दिला दें।

वह बोल पड़ी—''माँजी! मैं डॉक्टर के यहाँ नहीं जाऊँगी, वे गुस्सा होंगे।'' उसे यह बहाना ठीक लगा।

माँजी की अनुभवी आँखों ने सबकुछ समझ लिया। वे बोल पड़ीं—''रवि कुछ नहीं बोलेगा, मैं ले जा रही हूँ। तुम किस डॉक्टर के यहाँ गई थीं। उसने आज तुम्हें बुलाया भी तो था न?''

अब अंजना समझ गई कि रवि ने माँजी को सब बता दिया है। माँजी आज अचानक मेरे साथ इतनी दयालु हुई हैं यह साजिश नहीं है वरन् उनका पश्चात्ताप है और अपने को अच्छा साबित करने की एक कोशिश भी।

वह बोल उठी, ''डॉक्टर के यहाँ अकेले जाने से कोई फायदा नहीं। इन्हें साथ लाने को कहा था। वैसे भी अब जाने से क्या फायदा? कहकर उसने एक आह भरी।

माँजी ने कहा, ''अंजू! मैं डॉक्टर से बात करना चाहती हूँ। अब तुम जल्दी से तैयार हो जाओ।''

अंजना असमंजस की स्थिति में तैयार होकर माँजी के साथ डॉक्टर के यहाँ पहुँची। ग्यारह बजे डॉक्टर ने बुलाया था अब तो बारह बज चुके थे। अंजना को डर था कि देरी के कारण डॉक्टर नाराज होंगी।

और कोई होता तो सचमुच डॉक्टर उसे लौटा देतीं। वे समय की बहुत पाबंद थीं, पर डॉक्टरों की जिंदगी में कुछ मरीज ऐसे आते हैं, जिनकी परिस्थितियाँ डॉक्टर की सहानुभूति अधिक अर्जित कर लेती हैं। अंजना भी उनमें से एक थी। गर्भ की आशा से उत्साहित-उल्लसित उसका चेहरा डॉक्टर के परीक्षण के बाद कैसा बुझ गया था, यह डॉक्टर को याद रह गया था।

खून की जाँच की रिपोर्ट आ गई थी। हो सकता है, अंजना को अभी भी एकाध प्रतिशत आशा हो, आज वह भी टूट जाएगी। अंजना को डॉक्टर ने परचा देखते ही भीतर बुला लिया, उसकी सास को बाहर ही बैठने को कह दिया।

अंजना ने पूरी बात डॉक्टर के पूछने पर बता दी। आज बेहोश होने की घटना भी उसने बताई। बात करते-करते पीछे मुड़-मुड़कर भी देखती थी कि कहीं उसकी सास आकर सुन न लें। उसने रोते-रोते हाथ जोड़कर डॉक्टर से कहा, "डॉक्टर साहब! मैंने आपको यह सब बता दिया है, पर यह बात मेरी सास व पति को न मालूम हो नहीं तो…"

डॉक्टर ने उसे आश्वस्त किया और बैठने को कहा। नर्स से कहा कि इनके साथ जो महिला आई हैं, उन्हें भीतर भेज दो और देखो, अभी किसी और को भीतर न आने देना। सास के भीतर जाने पर बाहर गई अंजना भय से पीली होने लगी। कहीं डॉक्टर साहब के मुँह से कुछ निकल गया तो?

वह काँपते पैरों से दरवाजे पर कान लगाकर सुनने की कोशिश करने लगी, पर शीशे के दरवाजे के इस पार भनक भी नहीं सुनाई पड़ सकती थी। वह आँखें मूँदकर निढ़ाल सी बेंच पर बैठ गई।

डॉक्टर ने अंजना की सास से कहा, "आपकी बहू एकदम ठीक है, उसे बच्चा हो सकता है। आप अपने बेटे को जाँच के लिए भेजिए। यहाँ पुरुषों के विशेषज्ञ डॉक्टर भी हैं, मैं उनको दिखा दूँगी।"

माँजी की आँखें डबडबा आईं—"डॉक्टर साहब, मैं जानती हूँ। उससे कोई फायदा नहीं है। उसका बचपन में ही ऑपरेशन हो चुका है। डॉक्टरों ने तभी मुझे बता दिया था, पर मैंने अपने बेटे की खुशी के लोभ में अपने बेटे को भी नहीं बताया था। अब मैं ग्लानि से मर भी नहीं पा रही हूँ। आप मुझे कोई रास्ता सुझाइए। सुना है, आजकल नए-नए उपाय चल पड़े हैं। डॉक्टर साहब! पैसे की चिंता न करिए, मैं अपना सबकुछ बेचकर भी अपने बेटे-बहू की जिंदगी

में खुशियाँ वापस लाना चाहती हूँ। डॉक्टर बोल उठीं—''उपाय तो है, पर क्या आपका बेटा इसके लिए राजी हो जाएगा।''

''मैं कोशिश करूँगी, डॉक्टर साहब।''

डॉक्टर बोलीं, ''यही ठीक रहेगा। वरना आपकी बहू मानसिक रोगी हो जाएगी। इसके लक्षण बहुत तेजी से शुरू हो गए हैं। उसमें गर्भ के लक्षण पैदा होना मानसिक कारणों से हैं। उसका आज बेहोश हो जाना उसकी मानसिक बेचैनी के कारण है। उसे हिस्टीरिया और फिर आगे चलकर मिर्गी तथा पागलपन के दौरे पड़ सकते हैं। वह बहुत ही संवेदनशील लड़की है। लेकिन इसके पहले आपको अपने बेटे को भी मानसिक रूप से तैयार करना पड़ेगा। आप लोग तो पढ़े-लिखे हैं, या तो अनाथालय से कोई बच्चा ले आइए या आपकी बहू को बच्चा हो। दोनों में से जो उपाय आप लोग चाहें।''

माँजी ने कहा, ''मैं अपने बेटे को जानती हूँ डॉक्टर! वह जल्दी नहीं मानेगा, पर मैं अब निराश नहीं होऊँगी।''

डॉक्टर फिर बोलीं, ''मेरा सुझाव है कि अंजना के मन को स्वस्थ करने के लिए पहले आप उसे एक अनाथ बच्चा लेकर दें। वह बच्चा उसके मन को भी स्वस्थ करेगा और पति-पत्नी को भी निकट लाएगा। तब धीरे-धीरे अंजना की स्वयं की गोद हरी करने का प्रयास करिए। इस समय उसकी जो मानसिक स्थिति है, उसमें हमें जल्दी सफलता नहीं मिलेगी।''

माँजी ने विह्वल होकर डॉक्टर का हाथ पकड़ लिया—''डॉक्टर साहब! आपका कहा सच हो जाएगा तो मैं जनम भर आपका अहसान नहीं भूलूँगी।'' डॉक्टर मुसकराई—''इसमें अहसान क्या माँजी! यह तो हमारा कर्तव्य है।''

अंजना ने देखा, दरवाजा खुला। सासजी के साथ डॉक्टर साहब भी बाहर आ गई थीं। अंजना की पीठ थपथपाते हुए डॉक्टर बोलीं, ''अंजना! तुम्हारी जाँच रिपोर्ट आ गई है, तुम शीघ्र ही माँ बनोगी। मुझे खुशी है कि तुम्हें एक समझदार सास मिली है, इनको अपने मन की हर बात उसी तरह बता सकती हो, जैसे अपनी माँ को। इनसे डरने की कोई जरूरत नहीं हैं।''

माँ के चेहरे पर एक संतोष था। उसे देखकर अंजना के मन को ढाड़स बँधा। डॉक्टर की ओर प्रश्नसूचक दृष्टि से देखा। डॉक्टर ने आँखों-आँखों में ही भरोसा दिया और भीतर चली गईं।

माँजी अंजना को घर पहुँचाकर, उसी रिक्शे से वापस जाते हुए बोलीं, ''मुझे लौटने में देर हो जाएगी। चाय पी लेना।'' उनके चेहरे पर एक दृढ़ निश्चय की आभा थी।

□

कालिंदी देवी का रिक्शा आज झुग्गी-झोपड़ियों के सामने की ओर बढ़ रहा था। गिट्टी-गारा ढोकर लौटी एक किशोरी बंबे पर हाथ धो रही थी।

कालिंदी देवी ने उसका हाल-चाल पूछा और एक पैकेट थमाकर बोलीं, ''डॉक्टर को दिखाती रहना। अपने खाने-पीने का ध्यान रखना। मैं दस-पंद्रह दिन बाद फिर आऊँगी।''

इधर घर आकर कालिंदी देवी ने अंजना से कहा, ''तुम सब पर यही जाहिर करना कि तुम माँ बननेवाली हो। अंजना को उलटी आती है। खा-पी नहीं पा रही है। चेहरा पीला हो गया है। ये सब लक्षण तो थे ही। मोहल्ले और रिश्तेदारियों में खबर हो गई कि वह माँ बननेवाली है। माँजी ने रवि के साथ उसे कहीं घूमने भेज देने की योजना बनाई। लौटकर आने पर फिर आगे की योजना का तालमेल बैठाया जाएगा।

कालिंदी देवी ने अंजना को अपनी माँ के पास उनका एकाकीपन दूर करने के लिए भेज दिया। अंजना को भी गाँव की खुली आबोहवा और शुद्ध खान-पान की जरूरत थी। माँजी अंजना और रवि को लेकर स्वयं अपनी माँ के पास गईं। अंजना नानी सास की बीमारी में उनके पास है, यही सबको मालूम हुआ।

बीच-बीच में रवि और माँजी बारी-बारी से अंजना से मिलने जाते रहे।

रवि हैरान था। एक दिन खीझकर पूछ ही बैठा—''मैं तंग आ गया हूँ, माँ! यह सब क्या है?''

कालिंदी देवी ने समझाया। मैं एक बच्चा अंजना की गोद में डालूँगी, पर लोगों को यही मालूम होगा कि वह तुम दोनों की ही संतान है।

रवि चुप रह गया। माँ से वैसे भी वह अधिक प्रश्न नहीं करता था, न बहस ही।

□

कालिंदी देवी के रुपए से कमला का भरण-पोषण होता रहा। समय पर उसे अस्पताल में दाखिल कराकर सुरक्षित प्रसव हो जाने के बाद बीस दिन

पहले कमला अपनी किराए की झोंपड़ी में वापस आ गई थी।

आज ही रात की गाड़ी से रवि अंजना को लेकर आ रहा था। भोर में ही गाँव जाने की तैयारी थी।

एक फटेहाल स्त्री अपने जुड़वाँ बच्चों को धोती बाँधकर बनाए गए पालनों में सुलाकर उठ रही थी। पीछे से आवाज सुनाई दी—कमला! मुड़कर देखा तो एकदम से अचकचा उठी—"अरे! माँजी आप?"

"हाँ कमला! कैसी है तू और तेरे बाल-गोपाल?"

"ठीक ही हूँ।"

किसी तरह जिंदा तो रहना ही है अपने बच्चों के लिए।" कहते-कहते उसकी आँखें छलछला आईं। आपका उपकार मैं सदा याद रखूँगी। आपसे सहारा न मिला होता तो हमारा क्या होता?"

"आप आज यहाँ इस समय कैसे?" कहकर उसने माँजी की ओर निहारा।

"कमला! आज मैं तुझसे कुछ माँगने आई हूँ।"

कमला अवाक् रह गई।

"माँजी! मुझसे… ?"

"हाँ कमला! उस दिन जब तुमने रोते हुए मुझको अपनी जीवन कहानी सुनाई थी, तो मैं तुम्हें अपने घर में शरण नहीं दे पाई थी, क्योंकि मेरे अहंकार ने मुझे मन की बात बोलने से रोक दिया था। बेटी! तुम्हारे जुड़वाँ बच्चों में से एक को मैं अपनी बहू की गोद में डालना चाहती हूँ।"

कमला आश्चर्य से केवल 'माँजी!' कहकर चुप हो गई।

उसका गला भर आया। "माँजी! सूझ नहीं रहा है कि कैसे अपने कलेजे के टुकड़े को अपने से अलग करूँ? दूसरी ओर आपकी आज्ञा टालने की भी मुझमें हिम्मत नहीं है। आपके इतने अहसान हैं कि मैं उसे भुला नहीं सकती। आपने सहारा न दिया होता तो आज मैं इस धरती पर होती ही नहीं।" उसने दुहराया।

कालिंदी देवी ने उसके कंधे पर हाथ रखते हुए कहा, "अब आगे कुछ मत कहो। तुमने जिस हिम्मत से अपने बच्चों को जन्म दिया और पाल रही हो, वह साहस का काम है। समाज की परवाह न करते हुए अपना मार्ग चुनना सबके वश का नहीं है।"

□

उसकी स्मृति में वे सभी दुःखद और दिल दहला देनेवाली स्मृतियाँ पहिए की तरह घूमती रहती हैं। वह कॉलेज से लौट रही थी, तभी वह कुछ दुष्टों द्वारा घेर ली गई थी। सहेलियाँ साथ छोड़कर भाग गई थीं। फिर किस तरह उसकी आँखों के आगे अँधेरा घिर आया था, जिसने उसकी किस्मत में काला रंग पोत दिया था। उसकी बेहोशी जब टूटी तो मन में आया था, काश! वह बेहोशी सदा के लिए होती।

उसके घर पहुँचने से पहले ही उसकी कलंक-कथा गाँव में पहुँच चुकी थी। साथ ही लड़कियों के बदहवास बयान से घर के लोग गाँव से बाहर निकल आए थे। घटनास्थल पर केवल सर्वनाश के चिह्न थे। नीरमती घिसटती हुई नदी की ओर चली गई थी। अपराधी भाग गए थे। बदहवास नदी के जल में उतरती एक छाया को उसके अभागे पिता ने पकड़ कर खींच लिया था। पर उसे घर लाकर गाँववालों का सामना करने की उनमें हिम्मत नहीं रह गई थी। वह दूसरी दिशा में जाकर गायब हो गए थे।

पिता ने अपनी सौगंध दी थी कि जा, घर चली जा।

उसका अपना मन भी विह्वल था माँ, भाई-बहन को देखने के लिए। माँ की गोद में सिर रखकर रोना चाह रही थी।

जब वह किसी तरह घर पहुँची तो दरवाजे पर पूरे गाँव का जमावड़ा था। सब लोग तरह-तरह की बातें कर रहे थे। वह बाहर भूसे की कोठरी में छिप गई थी। उसे लग रहा था कि वह अपना मुख कैसे किसी को दिखाए? सब की बातें सुनकर तो भीतर जाने की हिम्मत ही नहीं हुई। वहीं पड़ी रह गई।

उसके साथ जो हादसा हो गया था, उससे लोगों की सहानुभूति तो परिवार को मिली थी। पर लोगों की निगाहों में वह एक अजूबा सी बन गई थी, अस्पृश्य, त्याज्य। ऐसा लगा था कि जैसे वह स्वयं भी अपराधी हो।

लोग कह रहे थे—बेचारी क्या करेगी? कौन उससे विवाह करेगा? माँ-बाप किस मुख से उसके लिए वर ढूँढ़ने जाएँगे? ये सब बातें उसके कानों में गूँजती हुई मन में घूम रही थीं। फिर भी एक बार घर जाकर माँ, भाई-बहन को देखने का मन था, अँधेरा होने पर सबके चले जाने पर, लेकिन···

उस करमजली को और कोसना शुरू हो गया था जब पिता घर नहीं लौटे।

उधर भाई, चाचा, ताऊ पिता को ढूँढ़ने निकले हुए थे। उधर गाँव की औरतें उसकी माँ से तरह-तरह के सवाल कर रही थीं। कहाँ चले गए? कुछ लिख गए हैं क्या? पुलिस केस नहीं किया? लोग कह रहे थे—कुछ होगा तो नहीं, वहाँ लड़की की बदनामी और होगी।

वह अपने सम्मानित परिवार के माथे पर कलंक का टीका नहीं लगाना चाहती थी। ऐसे तो पिता आकर कह देंगे कि वह नदी में बह गई तो कुछ दिन बाद लोग रो-धोकर भूल जाएँगे। पर यह कलंक तो पीढ़ियों तक साथ नहीं छोड़ेगा। छोटे भाई-बहनों की शादी-ब्याह में कठिनाई होगी। यह सब सोचकर वह भूसे के घर से निकली। रात हो गई थी, सारा संसार अँधेरे में डूबा था और उसके मन का अँधेरा इस अँधेरे से भी गहरा था।

किसी तरह अपने को घसीटती हुई वह कस्बे के स्टेशन की ओर बढ़ रही थी। उसे कुछ होश नहीं था। भूख, प्यास, अपमान-थकान से निढाल होकर वह यार्ड में खड़ी एक मालगाड़ी के डिब्बे में चढ़ गई। गाड़ी में अँधेरे के कारण कुछ दिखा नहीं कि चारों तरफ कुछ सामान है कि डिब्बा खाली है। बस दरवाजा खुला देखकर वह घुस गई थी। थोड़ी देर बाद किसी ने बाहर से दरवाजा बंद कर दिया था। वह सो गई थी या बेहोश थी, उसे भी नहीं मालूम।

पर कुछ देर बाद कुछ खड़खड़ाने के साथ ही में-में की आवाज से वह चैतन्य हुई। अँधेरे में आँखें चमक रही थीं। भय की एक सिहरन उसे कँपा गई। गाड़ी मंथर गति से बढ़ती जा रही थी। फिर 'में-में' की आवाज हुई तो वह समझ गई कि इसमें भेड़-बकरियाँ हैं। अपनी नियति पर वह अचंभित थी। मैं भी तो इन भेड़-बकरियों की ही तरह हो गई हूँ। पर इनका तो कोई गंतव्य होगा, मेरा तो वह भी नहीं है।

गाड़ी किसी बड़े स्टेशन पर पहुँची थी शोरगुल और बत्तियों से ऐसा लगा। झुटपुट अँधेरा था, पर कुछ चीजें दिखने लगी थीं। भूसा, हरी पत्तियाँ, हरी टहनियाँ बिखरी पड़ी थीं। भेड़-बकरियाँ उसे अजनबी निगाहों से देखकर 'में-में' कर रही थीं। प्यास से उसका गला सूख रहा था। उसने दरवाजा खोलने की कोशिश की पर वह बाहर से बंद था। वह डर भी रही थी कि कोई आकर अगर देख भी लेगा तो पता नहीं आगे और क्या झेलना पड़े। पर वह विवश थी।

गाड़ी रुकने के आधे घंटे बाद दरवाजा खुलने और लोगों की बातचीत की

आवाज सुनाई दी। वह भय और लज्जा से अपने को समेटते हुए और पीछे कोने में दुबक गई। दरवाजे की कुंडी खोलकर दो आदमी बीड़ी सुलगाकर पीने लगे। वे बातें करने लगे।

उनकी बातों से लगा कि वे किसी की प्रतीक्षा कर रहे हैं। उसने छिपकर डिब्बे से निकल जाने में ही भलाई समझी।

उसे अब आदमियों से डर लगने लगा था।

उसने दरवाजा खोलकर झाँका। बीड़ी पीनेवाले डिब्बे के पीछे की तरफ थे। यार्ड में डिब्बे की ऊँचाई बहुत थी, पर बकरियों को उतारने के लिए पटरा लगा दिया गया था। वह धीरे से उतर आई। उतरने के बाद आगे बढ़ने लगी। सामने रेल लाइन की पटरियों का विस्तार था। दीर्घ शंका के लिए लोग पटरियों के किनारे बैठे थे। उसे संकोच हुआ। पर बिना किसी ओर देखे वह आगे बढ़ती गई।

लाइनों का जाल जहाँ खत्म हुआ, वहीं किनारे थोड़ी दूर पर एक नल था। वह नल खोलकर उसके नीचे बैठ गई। देर तक पानी सिर-देह को भिगोता रहा। लगा कि शरीर और मन में जाने कितनी गंदगी चिपक गई है जो छूट ही नहीं रही। फिर उसे ठंड लगने लगी तो उसने नल बंद कर दिया। कपड़े बदलने को थे नहीं। गीले कपड़ों में ही आगे बढ़ती गई। उसकी ठंडक बढ़ती जा रही थी। तेज चलने पर भी शरीर में गरमी नहीं आई। लगा कि जूड़ी आ गई है। सिर और बदन में भयंकर पीड़ा थी। दो दिन से कुछ खाया-पिया नहीं था। वह अचेत होकर गिर गई।

आँख खुली तो उसने देखा कि एक बूढ़ी भिखारिन उसका सिर सहला रही है। उसको आवाजें सुनाई दे रही थीं—'बुखार है बेचारी को। चाय पिला दो। किसी राहगीर से वह कह रही थी। बाबूजी, यह लड़की बुखार में तप रही है। कुछ खाया-पिया नहीं है। कुछ दे दो इसको चाय-बिस्कुट, दवाई के लिए।'

बाबू साहब ने उसे दस रुपए का नोट थमा दिया और अपनी जेब से दो टिकिया निकालकर देते हुए बोले, 'कुछ खिलाकर तब यह बुखार की दवा खिला देना, खाली पेट नहीं देना।'

भिखारिन दौड़कर ठेलेवाले से चाय-बिस्कुट ले आई। चाय तो उसने पी ली। बिस्कुट खाते ही जोर से मितली हुई और और ढेर सारा कड़ुवा-कड़ुवा पानी निकल गया।

एक बूढ़ा भिखारी भी चाय ले आया। इस बार चाय के साथ ही टिकिया खिला दी। वह सो गई। उसके ऊपर भिखारी ने अपना कंबल डाल दिया। आज सोचकर भी मन वितृष्णा से भर उठता है। कितना बदबूदार कंबल था। पर उस समय उन भिखारियों में उसे भगवान् शंकर का रूप दिखा था। उस रात वह भिखारियों के साथ वहीं पड़ी रही थी।

दूसरे दिन आने-जानेवालों की निगाहें उसे परेशान करती रहीं। कोई पूछ रहा था कि यह लड़की कौन है? तो किसी की आँखों से लार टपकती लग रही थी। उसने उस गंदे कंबल से स्वयं को ढक लिया था।

इतना बड़ा शहर। भाषा भी उसकी समझ में नहीं आ रही थी, वह क्या करेगी, कहाँ जाएगी? वह फिर रोने लगी थी। बूढ़े भिखारी को भी चिंता हुई। उसने बँगला में उसकी दुःख-कथा पूछी। वह समझ नहीं पाई। उस भिखारिन ने कहा, ''इसे किसी भले घर में रखवा दो।''

शाम को वह बूढ़ा भिखारी उसे कालिंदी देवी के पास ले गया था। वह अकसर उनके दरवाजे भीख माँगने जाता था। कालिंदी देवी कभी उसे खाली हाथ नहीं लौटाती थीं। वह भिक्षा पाकर दुआएँ देता—'तोमार वंशवेल बढ़े रानी माँ।'

जाने क्यों, उस भिखारी को विश्वास था कि रानी माँ इस लड़की की मदद जरूर करेंगी। भिखारी ने कहा था—'इसका कोई नहीं है, इसे शरण दे दो माँ।'

इसका भोला मुरझाया चेहरा देखकर कालिंदी देवी को उसपर तरस आ गया था। कामवालियाँ आज-कल बहुंत नखरे दिखाती हैं। बेचारी पड़ी रहेगी। उसकी रक्षा भी हो जाएगी और हमारा काम भी। यह सोचकर उन्होंने उसे पनाह दे दी थी।

□

कालिंदी देवी ने अतीत में खोई उस किशोरी को पुकारा—''कमला! क्या सोच रही हो?''

वह कभी अपने बच्चे की ओर देख रही थी तो कभी कालिंदी देवी की ओर। कालिंदी देवी उसे समझा रही थीं—

''बेटी! इस मँहगाई में बच्चों को पाल-पोसकर पढ़ा-लिखाकर उन्हें सफल बनाना तुम भी चाहती हो, इसलिए मेरी बात मानो और चलकर मेरे साथ ही

रहो। एक बच्चा मेरी बहू की गोद में खेलेगा और एक तुम्हारी। इस तरह तुम अपने दोनों बच्चों को अपनी आँखों के सामने देख सकती हो और दोनों के पालन-पोषण का प्रबंध मैं करूँगी। एक का प्रकट रूप से और एक का गुप्त रूप से, लेकिन एक बात का ध्यान रहे कि किसी पर यह प्रकट न हो कि वह बच्चा तुम्हारा है, क्योंकि मैं चाहती हूँ, यह बच्चा अपनी असली माँ को भूलकर केवल हमारा ही हो जाए।''

वह अवाक् बैठी थी। कालिंदी देवी उसे देर तक समझाती-बुझाती रहीं और दूसरे दिन फिर आने के लिए कहकर उठ पड़ीं।

कालिंदी देवी तो चली गईं पर कमला के मन में तूफान खड़ा कर गईं। उसके सामने दो रास्ते थे—एक था अपने बच्चों का जीवन सुधारने का तो दूसरा था अपने कलेजे के टुकड़े को अपने से अलग न करके अपनी ममता को बचाने का। वह उस परिवार की ऋणी थी, इसलिए अपने बच्चों को लेकर कहीं भाग जाने का क्षीण विचार उसके मन में अधिक देर तक नहीं टिक सका, साथ ही अपने पास रखकर दोनों बच्चों के अँधेरे भविष्य की भयावह कल्पना भी उसे परेशान कर रही थी। अब तक तो कोई दूसरा रास्ता नहीं था तो भाग्य के सहारे किसी तरह बच्चों को पालने के सिवा कोई और चारा भी नहीं था।

आज सुनहले भविष्य का एक रास्ता सामने खुला पड़ा था। उसने अपनी सोच को लगाम दी और कालिंदी देवी की शर्त मान लेने का निश्चय किया।

अब उसके मन में अंतर्द्वंद्व था कि दोनों में से किस बच्चे को दे। जुड़वाँ होते हुए भी दोनों की शक्ल बिलकुल फर्क थी, वरना कालिंदी देवी की शर्त मान पाना कि किसी को पता न चले यह बच्चा मेरा है, कठिन हो जाता। तब तो और भी, जब दोनों बच्चे एक ही घर में पल रहे हों? उसने बारी-बारी से दोनों बच्चों को कलेजे से लगाकर भींच लिया। किसे अपना कहकर पालूँ, किसे केवल माँ का नाम दूँ और किसके भाग्य से अपना नाम हटाकर दूसरी माँ और पिता का नाम दूँ। वह रात भर बारी-बारी से दोनों बच्चों को देखती रही, उन्हें चूमती-दुलराती रही। नींद उसकी आँखों से कोसों दूर थी।

मंदिर में घंटा बज गया। आरती का स्वर उसके कानों में गूँज गया। भोर हो गई है। आज ही तो माँजी सुबह आने को बोल गई थीं। और अपनी बहू के साथ उसे कहीं दूर दूसरी जगह ले जाना चाहती थीं।

□

ऐसी ही तो थी वह सुबह, जिस दिन कालिंदी देवी उसे यहाँ पहुँचा गई थीं। कालिंदी देवी को यह मालूम था कि वह एक बेसहारा, दु:खों की मारी स्त्री है। भिखारी ने कहा था कि इसका कोई नहीं है, इसको शरण दे दो माँ! वह उनके घर का काम-काज करती हुई उस घर की छत पर बरसाती में रह रही थी। आज भी उसे याद है वह रात, जब वह कालिंदी देवी के पाँव दबा रही थी और उन्होंने उसकी आप बीती सुनने की जिद की थी। वह केवल रोती जा रही थी।

कालिंदी देवी ने उसे ढाड़स देते हुए कहा था—'बेटी! कोई भी दु:ख ऐसा नहीं होता, जिसे आदमी सह न सके। सारे दु:ख आने के बाद आदमी की सहन-शक्ति बढ़ जाती है।' तब उसने अपनी विपत्ति-गाथा उन्हें सुनाई थी और अपनी आशंका भी बता दी थी कि उसे भय है कि वह पेट से है।

तब कालिंदी देवी ने अपना पाँव उसके हाथों से ऐसे खींच लिया था जैसे उन्हें करंट लग गया हो। कुछ देर तक उसको चुपचाप देखती हुई बैठी रह गई थीं और वह रोती जा रही थी।

जब उसके आँसू थककर थम गए तब उन्होंने उससे पूछा था कि तुम क्या चाहती हो? क्या डॉक्टर से मिलकर मुझे यह पाप करना पड़ेगा कि तुम्हारी कोख को नष्ट करा दूँ?

उसकी चीख निकल गई थी। नहीं माँजी! नहीं। मैं अपने बच्चे को जन्म देना चाहती हूँ। उसका क्या कसूर है कि उसे जन्म लेने से ही रोक दिया जाए।

कालिंदी देवी की आँखों में करुणा का जल लहरा उठा था। उनके मुँह से धीरे से निकला था—काश! मेरी बहू की कोख में यह बच्चा पल रहा होता।

उसको माँजी की वे कातर आँखें याद हैं, आज वही माँजी उसके सामने बच्चे के लिए झोली फैलाए आई थीं। वाह रे प्रभु! तू कैसे-कैसे खेल रचाता है? एक क्षण को उसके मन में यह विचार कौंध गया—क्या माँजी को मालूम था कि उनकी बहू की कोख हरी नहीं होगी और इसीलिए उन्होंने मुझे यहाँ रहने की व्यवस्था करा दी थी।

गर्भावस्था में माँजी ने पूरी देखभाल की थी और अस्पताल में उसके प्रसव का पूरा इंतजाम भी कराया। फिर अस्पताल में जब डॉक्टर ने यह बताया था

कि गर्भ में जुड़वाँ बच्चे हैं तो उनकी आँखों में एक चमक आ गई थी। वे अस्पताल से उसको अपने घर नहीं ले गई थीं। इसी झोंपड़ी में रहने की व्यवस्था कर दी थी। इधर माँजी ने कोई खोज-खबर नहीं ली थी। नीरमती सोच रही थी कि माँजी उसे भूल गईं।

अब उसके सामने सबकुछ शीशे जैसा स्पष्ट हो गया था। इतने दिन माँजी मुझे गरीबी और अभाव का अहसास कराना चाह रही थीं, जिससे कि मैं उनकी बात से इनकार न कर सकूँगी। सचमुच, माँजी इतनी चतुर हैं। सोचकर उसके चेहरे पर हलकी सी मुसकान आ गई।

इस अनजान जगह पर रहने की उसकी व्यवस्था कर दी गई थी। इस झुग्गी-झोंपड़ी का भी एक दलाल था, जिसे माँजी ने कुछ रकम देकर यह झोंपड़ी दिलाई थी।

उसके मन में एक उत्साह का संचार हुआ और वह उठ गई। नहा-धोकर खुद तैयार होना था और बच्चों को भी तैयार करना था। सामान के नाम पर एक कनस्तर था और एक झोला था, जिसमें उसने अपनी सब चीजें समेट ली थीं। अब वह माँजी की प्रतीक्षा कर रही थी।

वह फिर सोचने लगी थी। क्या सचमुच माँजी की योजना पहले से थी। वह इतनी गंभीर रहती हैं कि उनके मन की थाह पाना आसान नहीं। माँजी के बेटे की शादी हुए इतने वर्ष हो गए, पर अभी तक बहू की कोख हरी नहीं हुई। बहूजी भी परेशान लगती थीं, क्या डॉक्टरों ने जवाब दे दिया? इतने संपन्न लोग हैं, हर तरह का इलाज करा चुके होंगे, तभी तो यह फैसला लिया होगा।

अब इस बात का रहस्य भी उसकी समझ में आ गया था कि माँजी ने अस्पताल में बच्चों के माता-पिता का नाम अंजना और रवि क्यों लिखवाया था। वह तो समझती थी कि कुँवारी लड़की के माँ बनने की बात को लेकर कोई झंझट न हो, इसलिए माँजी ने यह कृपा की थी मुझे बचाने के लिए। मैं भी कितना डर रही थी कि पति का नाम पूछने पर मैं क्या उत्तर दूँगी?

उसका मन फिर अपने बच्चों के बारे में सोचने लगा था। एक ओर ममता थी, दूसरी ओर बच्चों का भविष्य था। माँ तो अपने बच्चों को सुखी देखना चाहती है। अपने बच्चों को सुरक्षित भविष्य देने के लिए ही तो वह यह फैसला कर रही है। इतना तो संतोष है कि माँजी ने हमें अपने पास ही रखने का निर्णय

लिया है, वरना मेरे लिए मुश्किल हो जाती।

वह नहा-धोकर तैयार हो गई थी, बच्चों को भी तैयार कर दिया था। माँजी के ही खरीदे हुए कपड़े उसके अपने और बच्चों के शरीर पर थे। अपना कहने को उसके पास कुछ नहीं था, सिवाय अपने शरीर और अपने दोनों बच्चों के। पर बच्चे भी अब अपने कहाँ होंगे! एक को तो पराया होना ही है। किसके भाग्य में राजयोग है और किसके भाग्य में मातृयोग, इसका निर्णय अभी होनेवाला है। शायद बहूजी ही चुनाव करेंगी।

बहूजी का स्वभाव तो बहुत अच्छा है। रवि बाबू भी अच्छे हैं, उनके पास मेरा बच्चा सुखी रहेगा, वह सोच रही थी। दोनों बच्चे दोनों वक्ष से लगे तृप्त हो रहे थे। अभी तक वह काम पर नहीं जा रही थी। माँजी ने उसके एक महीने के खर्च का प्रबंध कर दिया था। पर उसने काम करना शुरू कर दिया था। अगर माँजी नहीं आईं तो…।

अब उसका कल केवल अपना नहीं था, अपने बच्चों का था। सब काम पर जा रहे थे तो सबके साथ वह भी जाने लगी थी।

पहले दिन जब बगल के ढाबेवाला उसका खाना और चाय रखने लगा तो उसने अचकचाकर उसकी ओर देखा था। ढाबेवाले के नौकर ने बताया था, वह माताजी तुम्हारे खाने और चाय का पैसा पेशगी जमा कर गई हैं।

वह सोचने लगी थी, इस संसार में बुरे से बुरे लोग भी हैं और अच्छे-से-अच्छे भी।

उसे अपने साथ हुई दुर्घटना का स्मरण सिहरा गया तो दूसरी ओर माँजी की उदारता ने घने पेड़ की छाँह तले बैठने का आभास देकर आश्वस्त किया।

वह अतीत और वर्तमान के बीच हिचकोले खा रही थी। तभी माँजी की आवाज सुनकर चौंक पड़ी। माँजी अंजना बहूरानी के पास खड़ी थीं। बाहर दो रिक्शे भी खड़े थे। नीरमती ने दोनों के पाँव छुए। आज उसकी झोंपड़ी में कुछ ऐसा था, जिसे माँगने के लिए दो संभ्रांत महिलाएँ याचक बनी खड़ी थीं। उसे अपने मातृत्व पर गौरव-बोध हो उठा। अनचाहे बीज ने उसकी कोख में शरण ली थी, फिर भी उसने धरती की तरह उसे अपनी कोख में सिरजा और जन्म दिया। जिसका बीज था उसकी सूरत भी उसे स्मरण करने में भय लगता था, पर इन दोनों बच्चों को देखकर लगता है कि दो देवता उसकी कोख से उतरे हैं।

कल रात जब कालिंदीजी ने बहू और बेटे को एक साथ सामने बैठाकर अपना फैसला सुनाया था तो रवि सन्न रह गया।

माँ के सामने उसकी बोलने की हिम्मत कभी नहीं थी, पर वह कहना चाह रहा था कि माँ! क्या तुमने अपनी बहू से भी पूछा है कि वह क्या चाहती है ? पर चुप रह गया। बहू सिर झुकाए बैठी थी। पहले के फैसलों की तरह यह भी एक फैसला था, जिसे स्वीकार करने के बारे में वह सोच रही थी। वह यह तो समझ ही गई थी कि विरोध करने से कुछ भी हासिल होनेवाला नहीं था। स्वीकार करने में ही सभी का हित था।

वह आज माँजी के आदेशानुसार कठपुतली सी उनके साथ चली आई थी।

□

रवि के पैतृक गाँव में उसे कुछ महीने बिताने हैं, जहाँ से एक बच्चे की माँ के रूप में वह अपने शहर लौटेगी।

उस गाँव से बरसों से कोई संबंध नहीं रह गया था। खेती-बारी अधिया-बँटाई पर दे दी गई थी। एक कच्चा मकान बचा था, जिसे एक पट्टीदार को दे दिया गया था कि दीयाबाती करता रहे।

उसी गाँव में उसको व्यवस्थित करने के लिए माँजी अपनी बहू के साथ जा रही थीं। रवि का आज अवकाश का दिन था, उसने भी एक सप्ताह की छुट्टी के लिए फोन कर दिया था। वहाँ से एक सप्ताह बाद माँजी को लेकर वापस आ जाएगा, वही यहाँ आकर सबको खुश खबरी देगा। यही तय हुआ था।

बहू रानी दोनों बच्चों को मुग्ध भाव से देख रही थी। उसकी समझ में नहीं आ रहा था कि किसे अपना बनाए। उसने तो उनकी मरजी पर छोड़कर अपनी ऊहापोह से मुक्ति पा ली थी।

बहू ने अपना हाथ बढ़ाया तो एक बच्चा रो पड़ा। दूसरा एकटक उसकी ओर देखने लगा। इसे नियति का संकेत मानकर बहू ने उस बच्चे को उठा लिया।

कालिंदी देवी ने मंदिर की ओर मुख करके भगवान् को प्रणाम किया और बहू से प्रणाम करने के लिए बोली।

दोनों रिक्शे स्टेशन की ओर चल पड़े। एक में कमला दोनों बच्चों को लेकर बैठी थी दूसरी में माँजी बहू के साथ। कहीं कोई परिचित न मिल जाए या ढाबेवाला अथवा झुग्गी-झोंपड़ी का दलाल कुछ शक न करे, इसलिए दोनों बच्चे अभी माँ के ही पास थे।

रवि सीधे स्टेशन ही पहुँच गया था। दो भारी-भरकम सूटकेस लेकर प्लेटफार्म पर इंतजार कर रहा था।

गाड़ी आई तो बैठते समय कमला का हृदय भर आया। इसी शहर में किस हालत में आई थी और किस हालत में आज जा रही है, वह मन-ही-मन इन विचित्र घटनाओं का विश्लेषण कर रही थी।

ट्रेन में रवि ने फल, बिस्कुट, मिठाई, चाय आदि की व्यवस्था की। माँजी ने रवि से सूटकेस खोलने को कहा। सूटकेस से दो पैकेट निकाले गए। एक में महँगा बाबा सूट था दूसरे में साधारण।

एक बच्चे को महँगा सूट पहनाकर तैयार किया गया। सबसे पहले माँजी ने उसकी आँख का चौड़ा काजल क्रीम लगाकर साफ किया। तौलिए से रगड़कर सिर का फालतू तेल भी साफ किया। पाउडर लगाया गया, अब वह एक सभ्रांत परिवार का बच्चा लग रहा था। दूसरे बच्चे को वैसे ही रहने दिया गया। माँजी ने कपड़े का पैकेट कमला को दे दिया और कहा, वहाँ पहुँचकर पहनाना।

कमला के भीतर कहीं कुछ चटका फिर टूट गया। एक ही माँ की दो संतानें हैं। यह भेदभाव उसे अब हर घड़ी देखना होगा। एक बच्चा मालिक का, एक नौकरानी का। उसकी एक लंबी साँस अनायास ही निकल गई। जिसके बहुत धीमी होने पर भी उनके बहू-बेटे को सुनाई दी। पर किसी ने कुछ नहीं कहा। तीनों जानते थे कि यह चुप्पी एक इतिहास रच रही है। एक अकथ कथा लिख रही है।

गंतव्य स्टेशन आ पहुँचा था। उतरकर एक ताँगा किया गया। वृद्ध ताँगेवाला सवारी द्वारा यह पूछे जाने पर कि रामनगर का कितना किराया लोगे? अचकचाकर उन्हें देखने लगा।

''माँजी! रामनगर किसके यहाँ जाना है? मैं इसी गाँव का हूँ।''

कालिंदी देवी ने उसे ध्यान से देखा। ''तुम्हारा नाम क्या है?''

''मेरा नाम अब्दुल है हुजूर!''

"अब्दुल! अपने बाप का नाम बताओ तो समझूँ।"

"अब्बा का नाम रमजान मियाँ था हुजूर?"

कालिंदी देवी बोलीं, "अरे! तुम रमजान के बेटे हो! मैं ठाकुर हरवंशजी की बहू हूँ। बहुत दिन बाद आई हूँ पहचानोगे भी कैसे?"

चुप्पी के अंधे कुएँ में बैठी रहनेवाली माँजी आज कितनी बदल गई थीं। वह अब्दुल से पूरे गाँव का हाल-चाल पूछ रही थीं।

अब्दुल के ताँगे से उतरते ही गाँववालों की भीड़ जुट आई।

कौन आया? किसके घर आया? की जिज्ञासा आज भी गाँव में बहुत बची हुई हैं।

कालिंदी देवी जिन्हें घर के एक हिस्से की चाभी देकर गई थीं, उन्होंने घर को साफ-सुथरा रखा था। आवभगत हुई। बाकी कोठरियाँ खोलकर सफाई हुई, कमला गाँव के उस परिवार की बहू के साथ मिलकर साफ सफाई करवाती रही। एक कोठरी में बच्चे के साथ रवि और उसकी पत्नी के रहने की व्यवस्था हुई। एक में माँजी और एक में कमला तथा उसके एक बेटे के रहने की व्यवस्था हुई।

गाँववालों की आँखों में यह कौतूहल था कि इतने वर्षों बाद ये लोग गाँव किसलिए आए हैं। अधिया पर खेती करनेवाले लोग निश्चिंत हो गए थे। लगता था अब ये लोग नहीं आएँगे। अब हिसाब-किताब देने की चिंता हुई। जो परिवार उसमें रहता था, उसे यह भय हुआ कि कहीं ये लोग खेत, घर बेचने तो नहीं आए हैं।

पर गाँव के बच्चों के लिए किसी का आना उत्सव सा होता है। वे दूर से सबको देख रहे थे। दोनों गोल-मटोल बच्चे उनके आकर्षण का केंद्र थे। एक बच्चा, जो चादर बिछाकर जमीन पर लिटा दिया गया था, उसे छूने व उसके साथ खेलने को वे आगे बढ़े। दूसरा जो अपनी माँ की गोद में था, उसे देखने लगे।

वह बच्चा गोद में रोने लगा था। वह भी जमीन चाह रहा था, पर उसके लिए चारपाई पर साफ-सुथरा बिस्तर बिछ चुका था। उसके पास अब उसकी अपनी जमीन नहीं थी।

बच्चा रो रहा था। बहू ने उसकी माँ की ओर देखा। कमला ने बच्चे को

उठाकर कंधे से लगा लिया, बच्चा चुप हो गया।

बहू उठकर कोठरी में जाते हुए बोली, ''कमला! मुन्ने को लेकर अंदर आ जाओ। सामान ठीक करा दो।''

कमला बहू के पीछे अंदर चली गई। वह आशय समझ गई थी। कमरे में जाते ही कमरा बंद कर लिया। उसने बच्चे को छाती से लगा लिया। उसके हृदय की ममता दूध का झरना बनकर फूट पड़ी थी। बच्चा सो गया।

कमला ने अपने दोनों बच्चों के नाम रखे थे—शीत-बसंत। बचपन में शीत-बसंत की कहानी उसने सुनी थी। जिस तरह शीत-बसंत अपने घर से बेघर हो गए थे। जंगल-जंगल भटके थे और उनके भाग्य ने चमत्कार दिखा दिया था। वैसे ही हमारे शीत-बसंत का भाग्य भी शायद साथ दे जाए। फिर वह उदास हो जाती, भाग्य ही ठीक होता तो इनका जन्म ऐसे क्यों होता?

आज उसके शीत-बसंत में बसंत के भाग्य ने करवट ली है। उसे याद आया, कहानी में भी तो एक राजा हो गया था और दूसरा दर-दर भटक रहा था।

वह बाहर आई अपने बसंत को ब्रहू रानी की गोद में डाल दिया। गाँव की लड़कियाँ रवि भइया की बहू को घेरकर बैठी थीं। मुन्ने का कोई हाथ छू रहा था कोई गाल।

एक लड़की ने पूछा, ''भौजी! मुन्ने का नाम क्या है?'' अंजना हड़बड़ा उठी। उसे तो मालूम ही नहीं था कि क्या नाम है?

कमला कहने जा रही थी मुन्ने का नाम बसंत है, पर उसने अपनी, जीभ को लगाम देते हुए कहा, अभी तो सभी मुन्ना कहते हैं। इनकी दादी ने तो कोई नाम सोचा होगा। पंडितजी से पूछ कर…।''

कालिंदी देवी उधर से आ रही थीं। उनके कान में यह आवाज पड़ी।

वह बोल उठीं—''अभी नामकरण यहीं कराऊँगी धूमधाम से। मैंने सोचा कि अपने गाँव के पंडितजी से ही कराऊँ। कल ही पुरोहितजी को बुलाना है।''

एक बच्चा बोल उठा—''ये भवानीशंकर पंडितजी के लड़के हैं।''

माँजी ने भवानीशंकर को पास बुलाकर कहा, ''बेटा! कल अपने पिताजी को भेज देना।''

भवानीशंकर के पिता को जैसे ही खबर मिली तो वे शाम को ही आ गए।

उनके लिए सुबह की प्रतीक्षा कठिन थी। बहुत दिन से सोच रहे थे, बाबू हरबंस के परिवारवालों से कलकत्ता में जाकर मिलूँ। चार-चार बेटे निठल्ले घूम रहे हैं। बाबू साहब का नाती नौकरी में है—कहीं-न-कहीं लगवा ही देगा। अब तो बाभन की औलादों का कहीं कोई ठिकाना नहीं।

पंडितजी शाम को ही कालिंदी देवी से मिलने आ पहुँचे। कालिंदी देवी ने पंडितजी के चरण छुए और बहू बेटे ने भी। पंडितजी बोले—"दुलहिन! इतनी खुशी की खबर सुनकर मैं रुक न सका, भगवान् की आरती-पूजा करके इसी समय चला आया।"

□

इस गाँव में आकर उसको अपना गाँव बहुत याद आने लगा।

कैसे उमंग भरे दिन थे! हर पर्व-त्योहार पर मन में उल्लास छलकता रहता था। सखियों के साथ गुड़िया-गुड्डी खेलती वह कब बड़ी हो गई थी, पता ही नहीं चला।

बड़ा हो जाना इतना दुःखद होगा, यह जानती तो कभी बड़े होने की कामना नहीं करती। वह किसी को प्रणाम करती तो लोग कहते—'जियो, बड़ी हो जाओ, खुश रहो।'

वह जी रही है, बड़ी हो गई, पर खुशियाँ क्यों छिन गईं?

कमला का असली नाम कमला नहीं था। शहर में उसने अपना असली नाम नहीं बताया था। उसका असली नाम नीरमती था, जो उसके माता-पिता ने बड़े चाव से रखा था। नीरमती उसके गाँव के किनारे बहनेवाली एक छोटी सी नदी थी। वर्षा ऋतु में उफनकर वह नदियों में मिल जाती थी। पर ग्रीष्म ऋतु में पतले नाले का रूप ले लेती।

उसी नदी में कितनी बार सहलियों के साथ नहाने गई थी। बाढ़ आने पर नदी से रुकने की प्रार्थना के लिए दीप जलाने जाती तो सखियाँ चिढ़ातीं—तू तो स्वयं ही नीरमती माई है, आ! तेरी पूजा कर दें—बाढ़-बूड़ा लौटा दे नीरमती माई! और सब खिलखिलाकर हँस पड़ती थीं। जहाँ बड़े-बूढ़ों में बाढ़ का आतंक रहता था, वहीं बच्चों के लिए बाढ़ या बूड़ा एक कौतुक, एक मनोरंजन था।

हम लोग लकड़ी का डंडा जमीन में गाड़ देते थे। देखें, पानी यहाँ तक बढ़कर कब आता है? और बाढ़ उफान पर होती तो मिनटों में डंडा बहा ले

जाती। हम लपककर डंडा उठा लेते और उसे और पीछे गाड़ देते।

गाँव के किनारे एक डीह था। लोग पहले वहीं गोरू-बछरू पहुँचाते, फिर सर-सामान के साथ बच्चों को। वहीं खुले में खाना बनता, आसमान तले सब सोते। कैसे थे आफत में भी मौज-मस्ती करते बचपन के वे दिन। आजी का अमावट चादर सहित बहने लगा तो हम लोग नाव तैराने का मजा लेते थे। पर आजी की आँखों में आँसू देखकर हम सब भी रो पड़े थे। कितनी मेहनत से आजी ने आम गार-गारकर परत-परत पोतकर इतनी मोटी परत अमावट की जमाई थी। कहाँ-कहाँ भेजना है? इसकी सूची भी आजी सबको बताती जाती थीं। अपनी ननदों के नाम, बेटियों के नाम, बहुओं के मायके, जहाँ आम के बाग नहीं थे और बाबा के शहर में रहनेवाले मित्रों के नाम सूची में सम्मिलित होते। तरकारी और दाल के अभाव में कितने दिन उसकी चटनी से काम चलता था। और हम लोग तो सूखा अमावट ही चटकारे लेकर खा जाते थे।

बड़ी धूमधाम से नामकरण संस्कार संपन्न हुआ।

बच्चे का नाम अमर रखा गया—अंजना का 'अ' और रवि का 'र' अक्षर लेकर। राशि नाम भी म से था, जो कुंडली में सुरक्षित रखा गया। बच्चे की जन्म की तिथि और समय कालिंदीजी ने नोट कर रखा था।

कालिंदी देवी ने कमला को और उसके बच्चे को भीतर ही रखा। सबके सामने निकलने को एकदम मना कर दिया था। इस भीड़-भाड़ में अधिकांश समय कमला और उसके बच्चे को बुखार है, कहकर उसको भीतर ही रखा गया था।

बाहर ही सारा कार्यक्रम था। घर में किसी को आना नहीं था। बच्चे का पालना बाहर ही रखा गया था। सास-बहू बच्चे के पालने के पास ही बैठी थीं। उपहारों के ढेर लग गए थे।

मुँह माँगा नेग-न्योछावर, दान-दक्षिणा पाकर गाँव के पुजारी पंडित से लेकर आनेवाले नाते-रिश्तेदार सब तृप्त थे।

पूरा गाँव हीं नहीं, आस-पास के गाँवों के लोग, सारे नाते-रिश्तेदार भोज में शामिल हुए। पत्थर पर दूब जमी थी। ईश्वर ने इतने दिनों बाद कुल का दीपक दिया था।

भोज की चर्चा तो बहुत समय तक लोगों की जुबान तर करती रही।

कमला अपने बच्चे के भाग्योदय पर प्रसन्न थी। दूसरे बच्चे को इस सौभाग्य से वंचित करने की कसक भी हूक मार रही थी।

उधर कालिंदी देवी के मन का तनाव बढ़ने लगा था। दोनों बच्चों को साथ रखना ठीक नहीं। दोनों की शक्ल-सूरत और उनकी माँ की उनके पोते पर वात्सल्य भरी चोर निगाहें उनकी धड़कन तेज कर देतीं।

गाँव के एक पट्टीदार की शहर से लौटी तेज-तर्रार लड़की ने एक दिन दोनों बच्चों को देखकर कह दिया था—'दोनों एकदम जुड़वाँ लगते हैं। लगता है भाभी और नौकरानी दोनों को एक ही दिन बच्चे पैदा हुए हैं।' अब तो कालिंदी देवी के लिए वहाँ एक दिन रुकना भी मुश्किल हो गया।

भोज के बाद दो-चार दिन रुककर वापस शहर आने की तैयारी हो गई।

कालिंदी देवी ने सोचा था कि कमला और उसके बच्चे को गाँव में छोड़ देंगी। घर की साफ-सफाई होती रहेगी, खेती-बारी का थोड़ा-बहुत काम भी वह मजूरों से करा लेगी। अनाज आदि भी ठीक से रख-रखा लेगी।

पर उसे अब यहाँ छोड़ना रहस्य को उजागर करने की खुली छूट देना था।

अब उन्हें कमला को साथ लाना अपनी सबसे बड़ी भूल लग रही थी।

लेकिन नन्हे से बच्चे को माँ के दूध से वंचित करना भी उसके साथ अन्याय होता, इसलिए उसे लाना पड़ा। अब धीरे-धीरे बच्चे को ऊपर के दूध की आदत डालनी होगी और उसकी जननी को बच्चे से बिलकुल अलग रखना होगा।

बेटे की छुट्टी पूरी होने का कवच बाँधकर वापसी की विवशता बताई गई।

समारोह के तीसरे दिन परिवार शहर के लिए रवाना हुआ। पूरा गाँव विदा करने आया था गाँव के सिवान तक। नीरमती (कमला) अपने बच्चे को लेकर पहले ही बैलगाड़ी में बैठ गई थी। उसका बच्चा सो गया था।

कालिंदी देवी चाहती थीं जल्दी-से-जल्दी गाँव छोड़ देना। अब परिवार शहर आ गया।

कालिंदी देवी ने अपनी बेटी तक को इस रहस्य का पता नहीं लगने दिया था कि अंजना की अपनी कोख हरी नहीं हुई, बल्कि उधार की उपलब्धि है।

अंजना के बच्चे के साथ लौटने की सूचना उसकी ननद को मिली।

उसने फोन किया, ''माँ मैं आज ही आ रही हूँ भाभी और मुन्ने को देखने।''

माँ ने उत्तर दिया—''बेटा आज नहीं, फिर कभी आना। आज सब बहुत थके हुए हैं।''

वह बोली, ''मगर मैं अपने भतीजे को देखने के लिए बेचैन हूँ। मैं कल अवश्य आऊँगी। आपने तो बताया ही नहीं था। भाभी ने आने की खबर दी। नामकरण संस्कार में भी नहीं बुलाया। आपने खबर ही नहीं दी थी। कितने दिनों से आप लोगों का फोन स्विच ऑफ था?'' कालिंदी देवी ने कहा, ''नेटवर्क ही नहीं था गाँव में। इसलिए तुम्हें सूचना नहीं दे सकी। अचानक ही पंडितजी ने मुहूर्त निकाल दिया।''

फोन रखते ही उनका दिमाग बड़ी तेजी से चलने लगा। सोचा था, दो-चार दिन में नीरमती का कहीं इंतजाम हो जाएगा, पर अंजना ने बिट्टो को फोन करके सब गड़बड़ कर दिया। कहीं उसने और कुछ तो नहीं बताया, पहले उससे पूछना पड़ेगा।

अंजना ने बताया—''माँ! आपने मना किया तो मैंने किसी को कुछ नहीं बताया है।''

सुनकर वह आश्वस्त हुईं। कालिंदीजी को अचानक याद आई अपने बचपन की सहेली, जो बनारस में रहती थी। वह अकेली ही थी। कोई औलाद नहीं थी। शादी के तुरंत बाद हुई दुर्घटना ने पति को छीन लिया था। मातंगी कई बार कह भी चुकी थीं कि गाँव से मेरे लिए कोई विश्वसनीय सेविका बुला दो, जो मेरा घर-बार सँभाले और मुझे भी।

अगले ही क्षण डायरी से फोन नंबर ढूँढ़कर उन्होंने डायल कर दिया—

''हेलो कौन... ?''

''मातंगी...मैं कालिंदी बोल रही हूँ।''

''अरे! कालिंदी! भला तुम्हें मेरी याद तो आई। मैंने तो कई बार तुझे फोन किया, पर उठा ही नहीं।''

''अरे! हम लोग गाँव में थे, फोन कौन उठाता? अच्छा सुन, तुम्हारे लिए एक सेविका गाँव से ले आई हूँ। उसके पास एक बच्चा भी है। बहुत अच्छी है वह। मैं उसे लेकर तेरे पास आ रही हूँ।''

''कब? यह तो तूने बड़ी अच्छी बात कही। रिटायर होने के बाद इधर मेरी तबीयत बहुत घबड़ाती है, तू जल्दी आ जा।''

"अच्छा-अच्छा! फोन रखती हूँ।"

अंजना ने सुना, माँजी रवि से कह रही थीं कि बेटा! बनारस के लिए दो टिकट मँगा लो। मेरी सहेली मातंगी की तबीयत ठीक नहीं है। मैं कमला को लेकर आज ही वहाँ जाऊँगी।

माँजी ने बिट्टो को तुरंत फोन लगाया—"बिट्टो! मैं बाहर जा रही हूँ, मातंगी मौसी के पास। उसकी तबीयत ठीक नहीं है। आ जाऊँगी तब तुझे बुलाऊँगी।"

बिट्टो उधर से कुछ बोले तब तक फोन रखा जा चुका था।

रवि ने एजेंट को फोन करके टिकट मँगा लिये। रात में ही माँ और कमला को ट्रेन में बैठा दिया।

□

मातंगी ने कालिंदी का आभार माना।

असहाय माँ और उसके बच्चे को सुव्यवस्थित आश्रय मिल गया था और मातंगी देवी को एक परिवार का सुख। बच्चे की किलकारियों से उनका आँगन गूँज उठा था।

नीरमती को कालिंदी देवी के घर के दबे-घुटे माहौल से मुक्ति मिली थी। यहाँ वह खुलकर साँस ले सकती थी, हँस-बोल सकती थी, न कोई वर्जना थी, न कोई भय। वैसे वह तो स्वभाव से ही अनुशासित थी।

उसकी सेवापरायणता, शालीनता ने मातंगी का मन जीत लिया।

दोनों ने एक-दूसरे में माँ-बेटी को ढूँढ़ लिया था।

उसके बेटे का नाम मातंगी ने अंगद रखा। अंगद दोनों की आँखों का तारा बन गया।

नीरमती ने कुछ दिनों के बाद अपनी पूरी आपबीती मातंगी को सुना दी। उनकी आत्मीयता ने उसे अपना कोई भी रहस्य छिपाने की अनुमति नहीं दी। यहाँ तक कि अंजना को अपना एक पुत्र देने की बात भी बता दी।

वह कालिंदी देवी के अहसानों तले दबी थी। उन्होंने ही पहले उसे शरण दी थी। उसकी और उसके बच्चों की रक्षा की थी और अब मातंगीजी जैसी माँ को सौंपा था। उसको लगता कि उनका कर्ज मैंने कुछ हद तक अपना पुत्र देकर चुका दिया है।

पर मातंगी माँ की ममता का कोई मोल नहीं है। वह उन्हें कभी अकेली नहीं होने देंगी। मैं और मेरा बच्चा बड़ा होकर तन-मन-धन से उनकी सेवा करेंगे, वह सोच रही थी।

कालिंदी देवी ने लौटकर आते ही पौत्र जन्म की खुशी में भोज दिया। शहर के नामी-गिरामी लोग, रईस, अधिकारी, रवि का पूरा ऑफिस—सभी की बधाइयाँ और उपहार बटोरते-बटोरते दंपती थक गए। अंजना की ननद भी अपनी बेटी कुमकुम को लेकर आई थी। कुमकुम को देखते ही अंजना को वह घटना याद आई जब उसे देखकर उसके मन में माँ बनने की ललक जागी थी और उसने उसके लिए प्रयास शुरू किया था।

शायद कुमकुम ही कारण है आज उसे यहाँ तक पहुँचाने के मार्ग में। वह खुश थी।

बालक को गोद में पाकर वह यशोदा माँ के सुख की कल्पना का अनुभव कर रही थी। उसकी दिनचर्या उसी बच्चे से शुरू होकर उसी पर पूरी होती थी।

बच्चे के बहाने रवि भी उसके पास अधिक समय देने लगा था।

कालिंदी देवी भी बच्चे के साथ बच्चा बन गई थीं। वह भी बहुत प्रसन्न थीं। पर उनके मन में एक भय हमेशा दुबका रहता था, कहीं राज खुल न जाए।

कभी-कभी वह अपने मन को समझातीं। मैं क्यों व्यर्थ में भयभीत हूँ? कौन सा कोई अपराध किया है? एक अनाथ बच्चे का जीवन सँवारकर पुण्य ही किया है। पर अपने-पराए खून का द्वंद्व उनके अचेतन मन में कुछ-न-कुछ खुराफात करता ही रहता था।

एक परिवर्तन उनके स्वभाव में अवश्य आया था कि उनका आभिजात्य मौन टूट गया था। अब वे बहू-बेटे से भी बात करती थीं। अपनी जरूरतें भी बतातीं और बच्चों की पूछती भी थीं।

अंजना उनके इस परिवर्तन से प्रसन्न थी। अब वह अपनी सास के मौन के आतंक से मुक्त थी और पुत्र की दादी के वात्सल्य का सुखद अनुभव पा रही थी।

दादी के प्राण तो अपने पोते में ही बसते थे। उसको तनिक छींक भी आ जाए तो दादी अम्मा के घरेलू नुस्खों से लेकर विशेषज्ञ डॉक्टर तक की सलाह पर उपचार, पथ्य शुरू हो जाता। ऐसे में वह बच्चे को अंजना के भरोसे नहीं

छोड़ती थीं। उनकी दृष्टि में अंजना अभी बच्ची थी।

अंजना उनकी डाँट और झिड़कियाँ खाती प्रमुदित होती। वह अनुभव करती, यदि माँजी साथ न होती तो कितना कठिन होता बच्चे को पालना।

अंजना की हमउम्र पड़ोसन ने एक दिन उसे टोका भी था—'अंजना! तेरा बच्चा रात-दिन तेरी मदर-इन-लॉ की देख-रेख में रहता है। तुझे नहीं लगता कि तेरा हक कोई छीन रहा हो?'

वह मुसकराई थी—'कैसी बात करती हो बहन! अरे, बच्चों को बड़ों की देख-रेख और आशीर्वाद की छाया में पलने का सुख तो भाग्य से मिलता है। मैं तो सोचती हूँ, काश! इसके बाबा भी जीवित होते तो···उसका गला भर आया।'

पड़ोसन अवाक् सी हुई, फिर बोली, 'तुम पता नहीं किस जमाने की हो? आजकल तो कोई अपने सास-ससुर को साथ रखना पसंद नहीं करता और इसीलिए बच्चों को भी उनसे हिलने-मिलने नहीं देता, नहीं तो ये लोग जड़ जमाकर बैठ जाएँगे तो वहाँ से हिलने और कहीं जाने का नाम नहीं लेंगे। और तुम्हें पता नहीं, सुजाता ने अपनी सास को तो बच्चे को छूने से भी मना कर दिया। वह कहती है कि बुजुर्गों को कोई-न-कोई बीमारी उमर के हिसाब से हो ही जाती है। उस इन्फेंक्शन से बचाने के लिए बच्चे को दूर ही रखना चाहिए।'

अंजना चुपचाप उसकी बकवास सुनते हुए कुढ़ रही थी, पर शिष्टाचारवश चुप थी।

पड़ोसन आगे बोल रही थी, उसे तो बहाना मिल गया। एक दिन उसकी सास ने बच्चे के कान में तेल डाल दिया। आँख में काजल लगा दिया। बस फिर क्या था, सुजाता ने आसमान सिर पर उठा लिया।

पति के आते ही बोली, 'देखोजी! अपनी माँजी को बोलो, यह जाहिल गँवारोंवाला हिसाब-किताब यहाँ नहीं चलेगा। वे गाँव में जाकर रहें और वहाँ के बच्चों को जैसा चाहें रखें। हमें अपने बच्चों के आँख, नाक, कान खराब नहीं कराने है।'

बस जी दूसरे ही दिन सास का टिकट कट गया और वह वापस चली गईं। 'आईं थी बड़े चाव से कि बेटे-बहू की पहलौठी औलाद है, अनुभव नहीं

होगा।' वह बेचारी क्या जाने कि आजकल सबकुछ पढ़ाई के साथ पढ़ा दिया जाता है। अब उनके जाने के बाद चार दिन तो बड़े चैन से कटे। सासू अम्मा द्वारा की गई सुनिश्चित व्यवस्था से दो दिन का नाश्ता पानी निपट गया। पर तीसरे दिन से परेशानी होने लगी। कितना करती थीं अम्माजी? उनके जाने पर पता चला। चौथे दिन आया रखने की फरमाइश हुई और आया रख ली गई। हजार रुपया आया लेती है। अब सुजाता को अपनी आया से भी परेशानी हो रही है।

वह बच्चे का दूध खुद पी जाती है। ठीक से नहाकर नहीं आती, पसीने की बदबू आती रहती है।

अंजना को अब बोलना ही पड़ा—"अच्छा बहनजी! अब मुझे अम्माजी के सिर में तेल डालना है। इनके कपड़े आदि ठीक करने हैं। फिर कभी बैठूँगी आपके पास।"

पड़ोसन का बतरस चरम पर था। उसे झटका सा लगा और उठते-उठते बोल गई—"अरे! हमें क्या करना है? अपने काम से काम, न किसी से लेना न देना। वह तो बात ही बात में बात निकल गई।"

अंजना ने नमस्ते में हाथ जोड़ लिये।

उसे बाद में पता चला कि वह पड़ोसन सुजाता से जाकर बोली थी—"यह अंजना है न, बड़ी घमंडी है। किसी के यहाँ आती-जाती नहीं, कौन इसके घर जाएगा? अपनी सास की चापलूसी करती है और बच्चे का सारा काम करा लेती है उनसे।"

अंजना ने सुना तो मुसकराए बिना न रह सकी।

□

उधर मातंगी के घर भी बच्चा स्वस्थ विकास पा रहा था।

मातंगी अवकाश-प्राप्त प्राचार्या थीं। पेंशन मिलती थी और साथ ही फार्म-हाउस व बगीचों से अच्छी-खासी आमदनी थी।

अच्छी तरह से सब काम चल रहा था। बच्चे का नामकरण और अन्नप्राशन संस्कार धूमधाम से संपन्न कराया मातंगी ने।

जीवन भर वह सबको तोहफे देती आई थीं। अब लोगों को मौका मिला था कुछ व्यवहार लौटाने का। पहले तो ले-देकर बस उनका जन्मदिन पड़ता था

जिसमें वह किसी से कुछ लेती नहीं थी। उनकी शिष्य-मंडली और सहयोगी अध्यापिकाएँ ही मिलकर उनका जन्मदिन मनाती थीं।

उनके जन्मदिन पर सब अपने-अपने घर से कोई-न-कोई व्यंजन लातीं और बारहों व्यंजन ही नहीं, असंख्य व्यंजनों से मातंगी दीदी की बड़ी-बड़ी मेजें भर जाती थीं।

सबमें से थोड़ा-थोड़ा चखते-चखते ही वह पेट से ही नहीं, मन से अघा जाती थीं। उनकी आँखों में आँसू छलक उठते थे। कौन कहता है कि मैं अकेली हूँ? मेरा इतना बड़ा परिवार है कि कोई गिन नहीं सकता।

कई बार मित्रों ने सुझाव भी दिया था कि एक बच्चा गोद ले लें। पर वे किसी बंधन में पड़ना या ऐसा दायित्व उठाना नहीं चाह रही थीं, जिससे उनके उन्मुक्त जीवन में कोई बाधा पड़े। उन्मुक्त से तात्पर्य था कि एक जगह ठहरकर रहना उन्हें पसंद नहीं था। वे ब्रज संस्कृति की आराधिका थीं और कभी पर्वतारोहण के लिए चल पड़तीं, तो कभी तीर्थयात्रा के लिए।

कमला के आ जाने से अब वह निश्चिंत थीं कि वह अपने बच्चे के साथ घर-बाहर भी सँभाल लेगी।

□

तीसरे वर्ष में मुडंन संस्कार होते ही विद्यारंभ संस्कार कराना था। दोनों सहेलियों ने आपस में बात की कि अबकी बार भी एक-दूसरे को परस्पर बच्चों के इस उत्सव में आना था।

मातंगी जान चुकी थी कालिंदी के पोते का रहस्य, पर वह उसपर प्रकट नहीं करती थी। इससे दुहरा लाभ था। कालिंदी के अहं की तुष्टि थी कि उसका रहस्य किसी को भी नहीं पता और कमला के इस रहस्य को छिपाने के वचन भंग को भी जाहिर न करके उन दोनों को इस दुःख से बचाया जा सकता था।

अलग-अलग तिथि पर विद्यारंभ था। पहले अमर का मुंडन और पाटी पूजन संस्कार रखा गया।

मातंगी कालिंदी के घर गईं। बच्चे को देखते ही कमला की हुबहू सूरत का आभास हुआ। गनीमत थी कि दोनों बच्चों की शक्ल जुड़वाँ बच्चों की तरह एकदम नहीं मिलती थी। शायद एक अपने अदृश्य पिता पर गया था।

कालिंदी को भय था कि कहीं मातंगी बच्चे को देखकर चौंक न पड़े। पर

मातंगी ने इस आशंका को निर्मूल कर दिया। कालिंदी के मन में पछतावे की एक ग्रंथि थी कि मैंने अपनी सखी से अपना एक रहस्य छिपाकर उसके प्रति दुराव रखा है।

उधर मातंगी भी सोचकर पछता रही थी कि मैं सबकुछ जानते हुए भी न जानने का ढोंग कर रही हूँ। यह नाटक मैत्री के बीच अनावश्यक सा लग रहा था, पर वह चाहती थी कि पहले कालिंदी खुले और वही हुआ। रात को जब दोनों सखियाँ एकांत में मिलीं तो कालिंदी स्वयं को रोक नहीं सकी और सबकुछ उसे बताकर जैसे चोरी के पाप से मुक्त होकर हलकी हो उठीं।

अब मातंगी की बारी थी, पर वह कमला को दोषी नहीं बनाना चाहती थी। इसलिए अपने को कुछ भी कहने से रोक लिया। इतने में फोन की घंटी बज उठी। कालिंदी के फोन पर कमला की आवाज थी।

"माँजी! मैं आपकी कमला···" कैसी हैं आप? और सब लोग··· ?"

कालिंदी ने प्रमुदित हो उत्तर दिया

"मैं ठीक हूँ···और सब लोग भी ठीक हैं। मुन्ने का पाटी पूजन आज ठीक से हो गया। तू कैसी है? अंगद कैसा है?"

"सब ठीक है माँजी! मुझे आपसे एक जरूरी बात करनी है। मुझसे बहुत बड़ी भूल हो गई, माफी माँगनी है। यहाँ माँजी मेरी पिछली जिंदगी के बारे में पूछती थीं, बताते-बताते मेरे मुँह से जुड़वाँ बच्चों की बात निकल गई। उन्होंने दूसरे बच्चे के बारे में जब बहुत पूछा तो मैं झूठ नहीं बोल पाई उनसे। मुझे माफ कर दीजिए।" यह कहते हुए वह रो पड़ी।

कालिंदी ने उत्तर दिया—"मैंने तुझे माफ कर दिया, पर यह गलती दोबारा मत करना।"

मातंगी को मैंने भी सब बता दिया है।

मातंगी समझ गई।

वह कालिंदी की प्रश्नसूचक निगाहों को नहीं झेल पा रही थीं।

कालिंदी मैं भी तुमसे क्षमा चाहती हूँ। मैं तुम्हारी कमला के प्रति वचनबद्ध थी कि उसके वचनभंग की बात किसी से नहीं कहूँगी। वह बेचारी ग्लानि से मरी जा रही थी। आज मेरे मन से बहुत बड़ा बोझ उतर गया।

□

दूसरे दिन मातंगी वापस लौट आई। पाँच दिन बाद अंगद का पाटी पूजन होना है।

कालिंदी वादे के अनुसार समारोह में उपस्थित हुई।

अंगद की माँ का मन अपने दूसरे बेटे को देखने के लिए हुमक रहा था। पर कैसे कहे कि अम्माजी सपरिवार आ जातीं तो मैं एक बार देख लेती। वह मन मसोसकर रह गई। इस बात का संतोष था कि बच्चा स्वस्थ-सुखी है, पर माँ का मन कैसे माने?

बचपन में अपनी माँ से एक सोहर गीत सुनती थी, जिसमें माँ कहती है कि जैसे कुम्हार का आवा भीतर-ही-भीतर भभकता, धधकता, जलता है, बाहर उसकी लपट नहीं निकलती, वैसे ही माँ का हृदय भी।

उसे लगता कि यह गीत तो मेरी ही पीड़ा को गा रहा है और उसके ओठ गुनगुनाने लगे, आँखें बरसने लगीं—

"जइसे कोंहरवा का आँवा त भभकि भभकि बरै हो,
राम! वैसे माई क करेजवा त भभकि भभकि बरै हो॥"

उसके हाथ प्रार्थना की मुद्रा में अनायास ही जुड़ गए। हे भगवान्! मेरे बच्चे को सुखी रखना। फिर अपने बिछुरे बच्चे को संबोधित करके कह उठी—मेरे लाल! अपनी माँ को क्षमा कर देना। तुम मुझे सुख देने मेरी कोख में आए। पर तुम्हारी माँ ने तुम्हें अपने से दूर कर दिया। तुम नहीं समझ पाओगे कि तुम्हें किसने जन्म दिया? मेरे शीत-बसंत कभी नहीं जान पाएँगे कि वे सगे भाई हैं या उनकी माँ ने उनका नाम शीत-बसंत रखा था।

बच्चों के नाम बदल गए थे, आश्रयदाताओं की पसंद के नाम थे। उसने दोनों को ही नहीं बताया था कि उसने अपने बच्चों का यह नाम रखा था। अपने दर्द की तरह नाम भी छिपा लिया था। उसका अपना असली नाम भी एक दिन मातंगीजी के सामने प्रकट हो गया था।

एक दिन मातंगीजी उसके घर-परिवार, गाँव के बारे में पूछ रही थीं।

माँ की कही बातें बताते-बताते वह बोल उठी थी—माँ ने कहा नीरमती! दुनिया में हर तरह के लोग हैं। मातंगीजी ने पूछ लिया—"यह नीरमती कौन है?" तब उसने अपने असली नाम का रहस्योद्‌घाटन कर दिया था कि मेरे

पिताजी ने मेरे गाँव की नदी नीरमती के नाम पर मेरा नाम रखा था।

मातंगीजी बोल उठीं—"वाह! कितना सार्थक नाम है? और तुम्हारे लिए तो एकदम उपयुक्त। नदी की तरह सबका उपकार करनेवाली, सबके लिए निरंतर प्रवाहित जलधार की तरह। मैं आज से तुम्हें तुम्हारे असली नाम से ही पुकारूँगी। माता-पिता का दिया नाम, प्यार का, ममता का, विश्वास का होता है। तुम्हारा अपना व्यक्तित्व है, अपना नाम है। तुम्हारे जैसी बहादुर लड़की छद्म नाम से नहीं, अपने असली नाम से समाज के लिए एक उदाहरण बने, मैं प्रभुजी से यही प्रार्थना करती हूँ।"

□

मातंगी ने पुकारा—नीरमती!

नीरमती सचेत हुई। मुख धो-पोंछकर उनके पास पहुँची, पर उसकी पीड़ा चेहरे से नहीं जा सकी थी। बादल बरस चुके थे, पर गीलापन वहाँ मौजूद था।

मातंगी समझ गई। पूछा—क्या कालिंदी से कह दूँ कि बहू और बच्चे को साथ लेती आए।

नीरमती चुप रही। वह जानती है, माँजी ऐसा नहीं करेंगी। वह किसी भी तरह से संशय का अवसर किसी को नहीं देना चाहती थी, वही हुआ। कालिंदी ने मातंगी को उत्तर दिया—"नहीं मातंगी! अभी नहीं। बच्चे थोड़े और बड़े हो जाएँ, फिर देखा जाएगा।"

नीरमती मन मसोसकर रह गई। अंगद को हृदय से लगाकर देर तक बैठी रही, जैसे उसके भाई के हिस्से की ममता भी उसपर लुटाकर संतोष पा रही हो।

विद्यारंभ संस्कार के अवसर पर पंडितजी ने बच्चे के पिता का नाम पूछा—

नीरमती अवाक् थी। मातंगी ने कहा—"नीरमती।"

माता का नाम—"नीरमती।"

गोत्र का नाम—नीरमती को अपने गोत्र का कुछ पता ही नहीं था। वह चुप रही।

मातंगी ने अपना गोत्र बता दिया—"वत्स गोत्र।"

पंडितजी ने आँखें ऊपर उठाई—"माता-पिता दोनों का एक ही नाम?"

मातंगी ने उत्तर दिया—"पंडितजी, माता जन्म देती है, पिता रक्षा करता,

पालता है, पोषण करता है। यदि माता ही दोनों काम करे तो वह माता-पिता दोनों कही जाएगी न?''

पंडितजी ने कहा, ''क्षमा करें। इनके माथे पर सुहाग चिह्न देखकर ही मैं पूछ बैठा था। मैं नहीं जानता था कि…''

मातंगी गंभीर स्वर में बोली, ''यह नारी का बड़प्पन है कि वह कायर, धोखेबाज को भी क्षमा कर देती है। इसका पति इसे धोखा देकर जा चुका है।''

नीरमती ने कालिंदी देवी के कहने पर ही सुहाग-चिह्न धारण किया था, क्योंकि वह समाज के तमाम प्रश्नों से उसी के कारण बचती आ रही थी।

कालिंदी देवी उसके नीरमती नाम से चौंक पड़ी थीं।

फिर सोचा, मातंगी ने यह नाम रख दिया होगा। चलो अच्छा है, मेरा राज छिपाने में इससे मदद ही मिलेगी।

वातावरण बोझिल हो उठा था। कालिंदी देवी ने बात सँभाल ली—

''पंडितजी! माँ को इसीलिए बड़ा माना गया है न कि वह सबकुछ सहती है, हार नहीं मानती। इस माँ को आशीर्वाद दीजिए कि कभी भी हिम्मत न हारे और इसके बच्चे को आशीर्वाद दीजिए कि वह दीर्घायु हो और अपनी माँ के सपने पूरे कर सके।''

पंडितजी ने स्वस्तिवाचन करते हुए आशीर्वाद दिया।

अंगद से पहले हाथ पकड़कर ओइम् लिखवाया गया।

समारोह धूमधाम से संपन्न हुआ। अंगद को ढेरों उपहार मिले थे और उसकी माँ को तमाम लिफाफों में कैश भी।

कालिंदी ने अपने माइनर पोते की अभिभावक अंजना के नाम एक सावधि खाता बैंक में खुलवाकर उसमें एक निश्चित राशि डाल दी थी। उन्होंने पाँच हजार रुपए मातंगी के हाथ में रखते हुए कहा, ''इसके नाम भी एक खाता खुलवा दो।''

वह नीरमती के ऋण को इसी तरह धीरे-धीरे करके चुकाना चाह रही थी। मातंगी ने ही कालिंदी को पोते के लिए खाता खुलवाने का सुझाव दिया था। वरना कालिंदी ने तो अपनी बहू को सोने की चेन देने के लिए सोचा था। मातंगी मुसकराई, अपनी ओर से भी पाँच हजार मिलाकर नीरमती को मिले लिफाफों की धनराशि गिनने को कहा। गिना गया तो लगभग दो हजार रुपए से

अधिक कैश निकला। उसमें वह दो हजार और मिलाकर बारह हजार रुपए से सावधि खाता खोलने का निश्चय किया गया। और प्रतिमाह इसमें बैंक के नियमानुसार जमा कराने का भी निर्णय लिया गया। अब अंगद के बड़े होने तक उसकी शिक्षा की व्यवस्था सुनिश्चित कर दी गई थी।

नीरमती की आँखों में दोनों माताओं के लिए कृतज्ञता के लिए आँसू छलक पड़े। इतना तो शायद मुझे जन्म देनेवाली मेरी माता भी नहीं कर पाती और न ही सोच पाती।

उसे याद आया अपना अतीत और माँ का विवश चेहरा।

वह सोच रही थी, समाज में बहुत बुराइयाँ आ गई हैं, पर इसी समाज में कालिंदी और मातंगी जैसी महिलाएँ भी हैं। शायद हमारे बुजुर्गों की बात सच है कि धरती से धर्म कभी समाप्त नहीं होता। कुछ लोगों के अच्छे कर्मों से ही धरती रसातल में जाने से बची रहती है। उसने मन-ही-मन दोनों को प्रणाम किया और अपने दैनिक कार्यों में जुट गई।

कालिंदीजी जाने लगीं तो अंगद के सिर पर हाथ फेरने लगीं। वह लड्डू हाथ में लिये एकदम लड्डू गोपाल लग रहा था। उसने उनकी ओर लड्डू बढ़ा दिया।

अपने हाथ के बनाए लड्डू देने की ललक नीरमती के मन में जगी—मेरा वह बेटा भी खा लेगा तो मुझे तृप्ति मिलेगी, पर मातंगीजी से पूछे बिना वह देना नहीं चाहती थी। पूछने में भी संकोच लग रहा था। वह उनकी ओर देखने लगी।

मातंगी माँजी तो जैसे आँखों की भाषा समझ लेती हैं।

वे बोलीं, ''अरे नीरमती! अपने हाथ के बने कुछ लड्डू रख दे। वहाँ भी सब लोग खा लेंगे। तेरा बेटा तुझ से ज्यादा व्यवहार जानता है। देख, वह दादी को लड्डू खिला रहा है।''

सब लोग हँस पड़े।

नीरमती का मन आंतरिक पुलक से भर उठा। वह लड्डू की पोटली लेकर आ गई।

उसे याद आया सूरदास का पद पढ़ाते मास्टरजी अर्थ बताते थे—

यशोदाजी कहती हैं—हे उद्धव! देवकीजी से मेरा संदेश कह देना। मेरे लाडले लाल को प्रातः उठते ही माखन-रोटी भाती है।

"संदेशो देवकी सों कहियो

प्रात उठत मेरे लाल लड़ैतहिं माखन रोटी भावै।"

नीरमती सोच रही थी। मैं तो संदेश भी नहीं दे सकती कि मेरे लाल को···

आँखें छलछला आएँ, इसके पहले ही मुख फेरकर वह भीतर चली गई।

लौटकर कालिंदी माँजी के पाँव छुए तो मन हो रहा था कि पाँव पकड़कर थोड़ी देर बैठी रह जाए।

इसी गोद में तो मेरा बच्चा खेलता होगा, इन्हीं पैरों को पकड़कर खड़ा होता होगा मेरा मुन्ना। कालिंदी का मन भी भर आया। काश! मैं समाज के झूठे बंधन न मानती तो···

वह तुरंत सचेत हो उठीं। इन बंधनों में बहुत भलाई भी है। इसके न रहने पर बच्चे के भविष्य पर भी प्रभाव पड़ सकता है। हम सभी को यह सोचना ही पड़ता है।

उत्सव की गहमागहमी समाप्त होते ही घर में सन्नाटा फैल गया था। बच्चों के भविष्य के प्रति आश्वस्त होते हुए भी नीरमती का मन बार-बार विकल हो उठता है। मेरा बेटा कभी नहीं जान पाएगा कि मैं उसकी माँ हूँ। जैसे मैं उसे अलग करके भी अलग नहीं कर पा रही हूँ, क्या उसके मन में भी ऐसे कोई तंतु होंगे, जो उसे मुझसे जोड़े रख सकते हों। कोई बता रहा था कि बनारस में विदेश से कोई डॉक्टर आएँ हैं, जो मरीज के बाल दवा में डालकर इलाज करते हैं। किसी ने डॉक्टर साहब से पूछा कि जो बाल शरीर से अलग हो गया, उसपर पड़े दवा के प्रभाव से मरीज को कैसे लाभ पहुँचेगा?

डॉक्टर का उत्तर था—बाल उसके शरीर से अलग होकर भी सूक्ष्म रूप से उससे जुड़े होते हैं, अतः इन बाल पर पड़े औषधीय प्रभाव से मरीज रोगमुक्त हो जाता है।

नीरमती सोच रही थी···यदि बाल सूक्ष्म रूप से जुड़ा रहता है तो वह तो मेरा पूरी तरह से अंश है, मेरा आत्मज है, वह भी जुड़ा होगा या मुझसे जुड़ा रहेगा।

नीरमती बार-बार अपने विचारों को झटकती, उससे उबरने की कोशिश करती पर मन है कि उड़-उड़कर वहीं पहुँच जाता, जहाँ उसके दिल का एक टुकड़ा सहेजकर रख लिया गया है।

□

अंजना को पहले लगा था कि वह दूसरे के बच्चे से संभवत: अधिक जुड़ाव न महसूस कर सके। पर शिशु के स्पर्श का कौन सा जादू था, जो उसे सम्मोहन के महाजाल में बाँधता गया। उसकी ममता का स्रोत उसके भीतर बहता रहा। उसे वक्ष से लगाती तो लगता कि उसकी नसों का रस उमड़कर बाहर आ जाएगा।

अब उसे घर में न चुप्पी दिखती न आभिजात्य का वह नपा-तुला व्यवहार।

कालिंदीजी तो बच्चे के साथ ऐसे खेलती थीं, जैसे उनका शैशव लौट आया हो।

रवि कुछ दिन तो बहुत गुमसुम रहे। उन्हें देखकर लगता कि वह माँ का आदेश पालन भर कर रहे हैं अंजना और माँ की खुशी के लिए'

उनकी चुप्पी और बेरुखी देखते हुए भी माँजी चुप थीं। हाँ, कोशिश बराबर करती थीं कि रवि बच्चे की ओर देखे, उसके पास बैठे।

पर माँजी को शायद समय का इंतजार था। वह जानती थीं कि कैसा भी व्यक्ति क्यों न हो, बाल सम्मोहन से अधिक दिन तक मुक्त नहीं रह सकता।

अंजना भी चाहती थी कि रवि उसे गोद में लेकर घुमाएँ, उसके साथ खेले पर इतने दिनों के अनुभव ने उसे भी मानव मन को समझने की सूझ-बूझ दे दी थी।

अंजना का मन रवि के प्रति पसीजने लगता। उनकी भी तो लालसा रही होगी कि उनका अपना अंश हमारी गोद में खेले, पर ईश्वर की मरजी के आगे किसकी चलती है। वह थोड़ी देर के लिए इन सब विचारों से ग्रस्त होती, फिर तुरंत स्वयं को मुक्त कर लेती।

उसकी सासजी ने माँ और मौसीजी से भी यह सच बताने के लिए मना किया था। और स्वयं पत्र-व्यवहार किया था अंजना की माँ से कि हम लोग प्रसव के बाद गाँव जा रहे हैं। शिशु के सवा महीने का होने पर गाँव में कुल देवी की पूजा आदि कराकर लौटेंगे। उसके बाद ही अपनों को इस खुशी में शामिल होने की दावत देंगे। पुत्र जन्मोत्सव दो महीने के बाद किया गया था।

अंजना का मन अपनी माँ से छल करने को तैयार नहीं था। उसने पत्र तो नहीं लिखा, फोन पर कुछ नहीं बताया, पर चाहती थी कि माँ के आने पर पूरी

बात उनसे बताकर मन का बोझ हलका कर लेगी।

□

मातंगी देवी नीरमती और उसके बच्चे के बारे में सोचती रहती थीं। उसके जीवन में घटित वह दुर्घटना किसी भी लड़की के साथ हो सकती है, इसमें उसका क्या दोष? वह क्यों जीवन भर एकाकीपन का बोझ ढोती रहे?

नीरमती के पिता ने तो जल समाधि लेकर अपना मुख समाज से छिपा लिया था, क्या इसे कायरता नहीं कहेंगे? उनका तो दायित्व था अपनी बच्ची के साथ हुए अन्याय का प्रतिकार करते। दोषी को दंड दिलवाते और उसे सहारा देते।

वह सोचती जा रही थीं, क्या माता-पिता ने उसे सहारा नहीं दिया तो समाज का दायित्व नहीं है कि वह ऐसी घटनाओं को रोकने का उपाय करे। ऐसी प्रताड़ित बच्चियों के भविष्य के बारे में सोचे कि वे समाज में सिर ऊँचा करके चल सकें।

जीवन भर आदर्शों के पाठ पढ़ानेवाली हम अध्यापिकाएँ क्या कर रही हैं इस दिशा में? हमें भी सोचना चाहिए।

उनके मन में एक चाव उभरा—क्यों न नीरमती का विवाह करा दूँ? उसके जीवन में खुशियाँ भरने का प्रयास करूँ। अंगद को पिता का नाम भी मिल जाएगा।

यह विचार आते ही उनके मन में एक अनोखा उत्साह जाग गया। समाज के लिए अपने दायित्व का एहसास जागना और उसे पूरा करने का प्रयास करना, यही एक उपाय है लोक ऋण से उऋण होने का।

पर यह विचार कार्यरूप में परिणत करना इतना आसान नहीं। आज भी जाति, कुल, गोत्र के बंधनों में जकड़ा हमारा समाज इनसे उबर नहीं पा रहा है। फिर उसके साथ जो दुर्घटना हुई, उसके परिणामस्वरूप आई उसकी संतान के साथ उसे स्वीकार करनेवाला बड़े मन का ही व्यक्ति हो सकता है। उसमें समाज की सड़ी-गली मान्यताओं के विरुद्ध खड़े होने का साहस होना चाहिए।

जो भी हो, उन्हें यह कार्य करना है, पर इसके लिए पहले नीरमती को तैयार करना होगा। फिर वे सोचने लगीं यदि नीरमती तैयार हो गई और उसके सपने जग गए तब, यदि उसके योग्य सुपात्र न मिला तो नीरमती कितना टूट

जाएगी, यह भी सोचना है।

इसलिए पहले सुपात्र की खोज करना श्रेयस्कर होगा।

वह अपनी स्मृति पर जोर डालने लगीं। पर कोई चेहरा ऐसा नहीं याद आ रहा था, जिसके समक्ष यह प्रस्ताव रखने की सोच सकें।

नीरमती को माँजी की गंभीरता और चिंताकुल चेहरे को देखकर संदेह हुआ कि मुझसे कोई भूल तो नहीं हुई। माँजी क्यों मेरी ओर ध्यान से बार-बार देखती हुई लगती हैं और मेरे देखते ही आँखें चुरा लेती हैं।

उसने उनके सिर में तेल-मालिश करते हुए पूछ ही लिया—''माँजी आपकी तबीयत तो ठीक है न?''

वह चौंक सी उठी—''हाँ-हाँ, मैं ठीक हूँ।''

मातंगीजी कई शिक्षा समितियों की सदस्य हैं। आज की डाक से उन्हें एक रजिस्टर्ड पत्र मिला। लखनऊ में शिक्षा विभाग की एक बैठक में उन्हें भाग लेना है। दो दिन बाद ही बैठक है।

उन्होंने नीरमती को बुलाकर पूछा, ''मुझे बाहर जाना है, तुम्हें यहाँ अकेले रहने में कोई कठिनाई तो नहीं होगी? क्या किसी को बुला लूँ तुम्हारे पास रहने के लिए।''

नीरमती धीरे से बोली, ''माँजी, मुझे बहुत डर लगता था पहले, पर अब नहीं लगता, सारा डर समाप्त हो गया। मेरे लिए चिंता न करें। हाँ घर की रखवाली के लिए किसी को रखना चाहें तो बुला लें।''

नीरमती को लगा कि इतना बड़ा घर, महँगे साजो-सामान से भरा घर। अभी मुझे आए कुछ ही वर्ष तो हुए हैं। माँजी के साथ तो इस घर में रहना ठीक है, पर पूरा घर मेरे भरोसे छोड़कर जाने में कहीं उन्हें किसी तरह की दुविधा न हो, इसलिए किसी को यहाँ बुलाकर रखने के लिए मना करना ठीक नहीं।

मातंगीजी उसका संकोच समझ गईं। बोलीं, ''नीरमती! घर की कोई बात नहीं पर छोटे बच्चे के साथ अकेले तुम्हें छोड़ने पर मुझे चिंता रहेगी। मेरी एक बाल सखी हैं, मैं उन्हें फोन करके बुला लेती हूँ। पहले भी मेरे कहीं आने-जाने पर वह आ जाती थीं।''

मातंगीजी ने गोदावरी को फोन करके उन्हें आने के लिए कह दिया। दूसरे दिन गोदावरीजी आ गईं।

अंगद के उत्सव में गोदावरी आई थीं। नीरमती के आ जाने से वह मातंगी की ओर से निश्‍चिंत हो गई थीं। उसकी सेवापरायणता ने उन्हें बहुत आश्‍वस्त किया था।

मातंगीजी लखनऊ चली गईं। बैठक में कई सरकारी, गैर-सरकारी संस्थाओं, एन.जी.ओ. के प्रतिनिधि और शिक्षा जगत् से जुड़े कई विद्वान प्रोफेसर, लेखक भी आए थे।

काफी विचार-विमर्श हुआ, नए-नए प्रस्ताव आए।

मीटिंग के बाद दोपहर के भोजन के समय मातंगीजी किनारे रखी कुरसियों में से एक पर बैठ गईं। काफी भीड़ थी।

उन्हें आज का बफे सिस्टम कभी नहीं पसंद आया। वह कहती थीं—यह कोई आतिथ्य है, ठढ़भोज या गिद्धभोज है यह तो। हमें तो गाँवों के भोज आज भी याद आते हैं। जमीन पर पंगतें, मनुहार कर-कर परोसते हाथ, हँसी-ठिठोली करते हुए प्रीति के गीत। हरी-हरी नरम पत्तलों पर भोजन और मिट्टी के कुल्हड़ों, सकोरों में सोंधा-सोंधा पानी, सजाव की दही, सब्जियाँ।

'सजाव की दही' क्या होती है, वह नहीं जानती थीं। एक बार उन्होंने गाँव की शादी में उसे तैयार करने की प्रक्रिया देखी तो चकित रह गई थीं। पंक्तिबद्ध सैकड़ों सकोरों में दूध डालकर हर एक सकोरे में जावन का दही डाल-डालकर जमाया जाता था सजाव का दही।

यह सबकुछ अब तो गाँवों में भी सपना हो गया है। वहाँ भी यह 'बफे' पहुँच गया है।

एक युवक उनके पास आकर बैठ गया। "माताजी, आप भोजन नहीं कर रही हैं। मैं आपके लिए प्लेट लगाकर ले आता हूँ।" कहकर बिना उत्तर सुने ही वह चला गया।

इस युवक ने आज बैठक में कई अच्छे सुझाव अत्यंत सधी भाषा में दिए थे, जिन्हें महत्त्वपूर्ण समझकर नोट किया गया था। उसकी विनम्रता मातंगी को अच्छी लगी।

हाथ में सुचारु रूप से परोसी गई प्लेट लेकर वह सामने खड़ा था, "लीजिए माताजी!"

मातंगीजी प्लेट थामकर धन्यवाद देते हुए बोलीं, "आपकी प्लेट प्रदीपजी ?"

प्रदीप मुसकराया, ''लाता हूँ माँजी! आपको मेरा नाम याद रहा, यह मेरे लिए गौरव की बात है।''

अपनी प्लेट लेकर वह लौटा, मातंगीजी ने अपने पास की कुरसी पर अपना पर्स रखकर कुरसी रोक रखी थी। प्रदीप के आते ही बैठने के लिए कहा।

इस तेजस्वी युवक से बात करना उन्हें सुखद लग रहा था।

शाम को गेस्ट हाउस में भी प्रदीप ने आकर उनकी कुशल-क्षेम पूछी और देर तक बात करता रहा।

आज की बैठक में तमाम मुद्दों के साथ वर्तमान समाज की तमाम विसंगतियों पर भी चर्चा हुई। क्या किया जा सकता है, इसपर भी प्रदीप ने कुछ अन्य मौलिक विचार रखे।

मातंगीजी का वात्सल्य भाव इस युवक के प्रति उमड़ता जा रहा था। उसकी तेजस्विता से वह प्रभावित हो गई थीं।

वह भी मातंगीजी की आत्मीयता से प्रभावित था। वह मातंगीजी को स्टेशन तक छोड़ने आया। परस्पर पता, फोन नंबर का आदान-प्रदान हुआ।

मातंगीजी ने प्रदीप को वाराणसी आने पर अपने घर आने का आमंत्रण भी दे दिया। प्रदीप ने भी नैनीताल के अपने कॉलेज में किसी कार्यक्रम के आयोजन में आने का अनुरोध करके स्वीकृति प्राप्त कर ली। ट्रेन चल दी, दोनों ने अनुभव किया कि जैसे अपने अत्यंत आत्मीय से विदा ले रहे हों।

''माँजी! पहुँचते ही फोन करिएगा।'' प्रदीप ने कहा।

मातंगीजी रास्ते भर सोचती रहीं। बैठक में कितने लोग आए थे। जाने कितने तो परिचित चेहरे थे। पर प्रदीप उनकी सुधियों में कैसे छा गया!

मातंगीजी के घर पहुँचते ही फोन की घंटी बज उठी। देखा, प्रदीप का ही था। अपनी सकुशल पहुँच का समाचार देते हुए उन्होंने उसे धन्यवाद दिया।

□

मातंगीजी सोचने लगीं। इतनी बातें हुईं, पर प्रदीप से उसके घर-परिवार के बारे में नहीं पूछा कि कौन-कौन हैं घर में?

नीरमती सामने चाय का प्याला लिये खड़ी थी। चाय थाम लिया। अंगद सोकर उठते ही नानी-नानी कहकर ठुनकता हुआ आ गया। मातंगी उसके लिए लखनऊ के चिकन का कुरता और धोती लाई थीं। रेवड़ी और पान गिलौरी

मिठाई का पैकेट नीरमती के हाथ में थमाते हुए अंगद को गोद में उठा लिया। अंगद कंधे से टिका आराम पाकर फिर सो गया। नीरमती ने उसे लेकर अलग सुला दिया।

मातंगी नहा-धोकर पूजा पर बैठ गई थीं। पूजा में ध्यान नहीं लग रहा था। नीरमती और अंगद का चेहरा उनके चारों ओर चक्कर लगा रहा था।

उनके मन में आया कि नीरमती की अधूरी पढ़ाई पूरी करानी होगी। पूजा के समय जो विचार आए, उसे प्रभु का इंगित समझकर वह उठ गईं।

नीरमती हाईस्कूल कर चुकी थी। ग्यारहवीं कक्षा में थी जब उसके साथ यह हादसा हुआ।

वह पूजाघर से निकलीं तो नीरमती नाश्ता लगा रही थी। गोदावरीजी पूजा-पाठ से निवृत्त होकर उनकी प्रतीक्षा कर रही थीं।

अंगद भी नहा-धोकर, चिकन का कुरता-धोती पहनकर नानी का इंतजार कर रहा था। देखते ही शरमाकर हँस पड़ा। उसकी भोली मुसकान में मातंगी को अपने कन्हैया की छवि दिखती थी। उसे अंक में भरकर चूमते हुए उनका हृदय अलौकिक आनंद से भर उठता। सचमुच, सूरदास ने कितना बड़ा सच कह दिया है। वह गुनगुना उठीं—

"जो सुख सूर देव मुनि दुर्लभ सो नन्दभामिनि पावै।
यशोदा हरि पालने झुलावै।"

गोदावरीजी हँसते हुए बोलीं, "दीदी! मैं देख रही हूँ, आपका काव्य-प्रेमी मन अब फिर से जाग गया है।"

दोनों हँसने लगीं। अंगद उनकी हँसी से और शरमा गया।

नाश्ते के बाद ही गोदावरी बोलीं, "दीदी! अब मुझे जाने दीजिए।"

मातंगी ने अपने मन की बात गोदावरी से कही कि मैं नीरमती को और पढ़ाकर आत्मनिर्भर बनाना चाहती हूँ। इसका इंटरमीडिएट का फार्म भरवा दीजिए व्यक्तिगत परीक्षार्थी के रूप में। हाईस्कूल का सर्टीफिकेट तो यहाँ उपलब्ध नहीं है और न ही मिलने की आशा है।

गोदावरीजी उन्हें आश्वस्त करके चली गईं कि पहले हाईस्कूल ही कराना पड़ेगा। फार्म लेकर कोई आएगा और भरवा कर जमा कर देगा।

नीरमती ने दबी जबान से कुछ कहना चाहा कि अंगद अभी छोटा है, पर

चुप रही। माँजी की जैसी मरजी। वह सक्षम हैं, उनकी छाँव में सबकुछ संभव है।

अब तो एक ही बच्चे को देखना है। दोनों को देखना होता तो शायद...मन कचोट उठा। अब तो दोनों को आराम से पाल लेती। जब दिक्कत के दिन थे तब कैसे सँभालती थी दोनों को। मन यादों के फूल और काँटे दोनों से भर उठा।

याद आई अपने मुन्ने की। अब तो वह कसक नहीं रह गई थी कि एक को वैभव का सुख मिला था और दूसरे को अभाव का जीवन। लेकिन अब तो एक दादी का लाडला था तो दूसरा नानी की आँखों का तारा। पर माँ का मन है कि मानता ही नहीं। बच्चे कितने भी वैभव, सुख में हों, माँ की आँखों में चिंता के डोरे उगते ही रहते हैं।

माँजी से पूछती हूँ कि वहाँ से फोन तो नहीं आया? तब वह स्वयं ही करेंगी।

पर ऐसे कहने में संकोच होता है उसे। माँजी का इतना दुलार पाने पर भी वह अभी तक भूल नहीं पाती कि वह यहाँ शरणागत है। अंगद उसकी गोद से उतरने को मचल रहा था। उसकी तंद्रा टूटी।

माँजी फोन का रिसीवर हाथ में लिये किसी को फोन मिलाने जा रही थीं।

कहीं माँजी ने मेरी भाव-भंगिमा पढ़कर जान तो नहीं लिया कि मैं अपने दूसरे बेटे की याद में उदास हूँ?

अंदाजा सही निकला। मातंगी देवी ने कालिंदीजी को ही फोन लगाया था। वह सुन रही थी।

"हाँ-हाँ! मैं लौट आई हूँ।" नीरमती ठीक है और अंगद भी।

"तुम अपने समाचार बताओ। अब की बार मकर संक्रांति पर सपरिवार आओ। अच्छा लगेगा।"

उधर का उत्तर नीरमती नहीं सुन सकी, जबकि उसका रोम-रोम कान लगाए बैठा था।

नीरमती जब अपने उस बेटे की कल्पना करती तो रवि बाबू और अंजना तथा कालिंदीजी से घिरा पाती। एक संतोष की साँस अनायास ही उसके मुख से निकल पड़ती।

□

हर लड़की के सपने होते हैं। गुड़िया, गोट्टी खेलती, सखियों के बीच किस तरह ये सपने बाँटे जाते थे, वह आज भी याद करती है। पर सपने तो सपने होते हैं। जाने के पूरे भी होते हैं कि नहीं?

उसे याद आई—अपनी सखी जो पति बनी थी, उससे कहा था—'मेरी साड़ी फट गई है, नई ला दो न।'

पति ने कहा, 'कहाँ फटी है?'

सुनते ही उसने अपनी साड़ी कर्र से फाड़ दी थी—'देखो न अब तो फट गई।'

उस खेल को याद कर नीरमती हँस पड़ती थी। आज रोना आ जाता है।

एक सखी कहती थी, मैं तो जिठानी बनना चाहती हूँ। पहले भूख-प्यास की बहू बनूँगी। खूब दुलार पाऊँगी सास-ससुर का। फिर सेवा करने के लिए देवरानियाँ आ जाएँगी। जैसे ही मायके से बुलावा आएगा, देवरानियों को घर-गृहस्थी सौंपकर मायके चली जाया करूँगी। दूसरी सखी कहती थी—ना बाबा ना, मुझे तो देवरानी बनना अच्छा लगता है। जेठ भी तीज-त्योहार पर लाकर साड़ी, चूड़ी देंगे और जेठानी सबकुछ सुख देंगी बड़ी दीदी की तरह। मेरे बच्चे होंगे तो सास और जिठानी दो दो होंगी सँभालने के लिए। मैं तो हमेशा दुलहिनियाँ बनी रहूँगी।

पता नहीं, सब सखियों के सपनों का क्या हुआ?

एक दिन मातंगी ने उसके बचपन के बारे में, उसके सपनों के बारे में पूछा था तो उसने बहुत कहने पर इस खेल की बात सकुचाते हुए बताई थी।

मातंगीजी पहले हँस पड़ी थीं, फिर बोली थीं, बेटा! तुम्हारे जैसी सीधी-सरल लड़कियों के सपने भी कितने सरल और निष्कपट होते हैं। आज की आधुनिक सभ्यता में पलनेवाली लड़कियाँ ऐसे सपनों पर हँसेंगी, जिसमें संयुक्त परिवार का सपना हो।

मैं भी तुम्हारी तरह मासूम सपने देखती थी। मेरी शहरी सहपाठिनें मेरा मजाक उड़ाती थीं। मातंगी देवी सुना रही थीं—मैं हॉस्टल में रहती थी। मेरे पति मिलने आते थे और मैं जब उनके साथ फिल्म देखने या घूमने जाने लगती तो लड़कियों की फौज मेरे साथ हो लेती थी, क्योंकि उन्हें अकेले जाने की

अनुमति नहीं मिलती थी।

मेरी वार्डेन उनको डाँटती थी—'वह बेचारी पति के साथ जा रही है, तुम लोग क्यों जा रही हो कबाब में हड्डी बनने?'

वे सब हँसते हुए कहती थीं—'दीदी को जीजा से अकेले में डर लगता है, इसलिए हम लोग उनकी बॉडी गॉर्ड बनकर जा रही हैं।' और वे सब मुझसे पहले ही बाहर निकल जाती थीं।

वार्डेन मुझ पर खीझते हुए लाड़ भरे शब्दों में कहती थीं—'पगली लड़की! तेरा पति क्या सोचता होगा बेचारा? वह तुझ पर नाराज नहीं होता?'

मैं हँस देती थी। नहीं दीदी! वह कुछ नहीं कहते।

कैसे बीत गए वे सपनों जैसे दिन? कितने कम दिन मैं उनके साथ रह सकी थी। कितनी ललक से मुझे लेकर घुमाने जा रहे थे। स्कूटर के सामने एक भैंस दौड़ती हुई आ गई थी और स्कूटर पलट गया था। मैं बच गई थी, उनका चिर विछोह झेलने के लिए। कहकर एक लंबी साँस ली थी माँजी ने।

आज नीरमती और मातंगी के बीच उम्र की दूरी लगा कि मिट गई है। दोनों परस्पर हमउम्र सहेलियों की तरह सहानुभूति से भर उठीं।

इन्हीं अंतरंग क्षणों में आज मातंगी ने अचानक नीरमती से पूछ लिया—''नीरमती! मैं तेरे सपनों को पूरा होते देखना चाहती हूँ। केवल तुम्हारे ही लिए नहीं, अंगद के लिए भी। एक सपना मेरी आँखों ने बुनना शुरू कर दिया है, जहाँ उसके ऊपर माता-पिता दोनों का साया हो। क्या मेरे इस उम्र के सपने को पूरा करने का मौका तुम दे सकती हो। नीरमती का मुँह खुला का खुला रह गया। कानों को विश्वास ही नहीं हो रहा था कि क्या ऐसा प्रश्न उससे पूछा जा सकता है? वह कुछ उत्तर नहीं दे पा रही थी। काठ सी उसकी देह मातंगी की गोद में लुढ़क गई।

दोनों के आँसुओं ने एक-दूसरे की पीड़ा को बहते देखा, भीगते महसूस किया और बैठे-बैठे साँझ घिर आई। मातंगीजी ने उसे उठाया, उन्हें लगा कि समाज के बाजों से भयभीत कोई कबूतरी उनकी गोद में भय से काँप रही है।

नीरमती ही सचेत हुई। ''अरे माँजी! दीया-बत्ती का समय हो गया। तुलसी चौरा भी आज नहीं लीपा।'' लगा कि जैसे गोधूली वेला ने उसे उत्तर देने से बचा लिया। वह उठकर नित्य की भाँति संझौती-आरती करने चल पड़ी।

तुलसी माता के सामने सिर झुकाकर लगा कि माँ की गोद कितनी बड़ी है। संसार के हर कोने में कहीं भी चली जाओ, किसी-न-किसी रूप में माँ के आँचल की छाँव मिल ही जाती है। और यह छाँह हर दुःखी मन को मिलती है, बिना किसी भेदभाव के। वह देर तक तुलसी के चौंरे के सामने बैठी रही। जैसे कि मातंगी माँ के प्रश्न से बचना चाह रही है या प्रश्न का उत्तर तुलसी माँ से ही माँग रही है।

मातंगीजी भी आकर उसके पास बैठ गईं। थोड़ी देर चुप रहने के बाद बोलीं, ''नीरमती! तुमने तुलसी माता की कथा सुनी है न? तुम्हारी तुलसी माँ को भी लोकहित के लिए छल का शिकार होना पड़ा था। उनके पति दैत्यराज जालंधर को तभी मारा जा सकता था जब तुलसी का पातिव्रत्य धर्म कवच बनकर उनके पति की रक्षा करना छोड़ दे। स्वयं विष्णु को उनके साथ छल करना पड़ा और तुलसी के शाप से सालिग्राम पत्थर बनना पड़ा। श्री विष्णु को तुलसी से क्षमा माँगते हुए उन्हें वर देना पड़ा था कि तुम हरिप्रिया हो, तुम्हारे स्पर्श से हर वस्तु पवित्र होगी, हर कलुष दूर होगा और तुम्हारे स्पर्श के बिना, तुलसी दल के बिना, मैं छप्पन भोग को भी ग्रहण नहीं करूँगा।

छली जाने के बाद भी तुलसी पवित्रता की प्रतिमान हैं, क्योंकि उनका मन निष्कलुष है। मैं तुम्हारे मानसिक अंतर्द्वंद्व को समझ रही हूँ, इसीलिए यह सब तुमसे कह रही हूँ।

नीरमती ने अपनी आँखें ऊपर उठाईं। मातंगी माँ के चेहरे पर एक अभय मुद्रा थी, आश्वस्त करनेवाला दृढ़ भाव था।

नीरमती सिर झुकाए बैठी थी। आज वह इस अप्रत्याशित प्रश्न पर अवाक् और उद्वेलित हो उठी थी।

मातंगीजी बोलीं, ''तुम खूब सोच-विचारकर अपने मन को तैयार कर लो, कोई जल्दी नहीं है। चलो अंगद को खाना खिलाओ, नहीं तो सो जाएगा।'' उसे वर्तमान में लाते हुए जैसे उबारने के भाव से वह बोल रही थीं।

मकर संक्रांति पर कालिंदी देवी सपरिवार वाराणसी आ रही हैं, इस सूचना से नीरमती का मन पुलकित था। मेहमानों की आवभगत की तैयारियाँ शुरू हो गईं। संक्रांति पर क्या-क्या बनना चाहिए, क्या-क्या दान देने के लिए मँगाना है। सबकुछ इस बार बड़े उत्साह के साथ मातंगीजी नीरमती को बता रही थीं।

घर की सफाई जोर-शोर से हो रही थी। घर में उत्सव का माहौल था।

गंगा के तट पर भी सफाई हो रही थी कुछ सरकारी तो कुछ श्रमदान से। पंडे और पुरोहित अपने-अपने तख्त और छतरी की जगह घेर रहे थे। पक्के घाटों पर सबकी समाई नहीं हो पाती।

मोहल्लों के नजदीक, सड़क के नजदीक कच्चे घाटों पर भी कच्ची सीढ़ियाँ समतल की जा रही थीं। जिससे श्रद्धालु आराम से स्नान कर सकें। फिसलन न हो, इसलिए रेत की बोरियों की तह भी सीढ़ी की तरह नीचे से ऊपर तक रखी जा रही थीं। नए छुटभइए पंडे और पुराने जबर पंडों के चेले तथा वंशज यहाँ अपने तख्त और चादरें बिछा रहे थे।

पटरी के दुकानदार भगाए जा रहे थे। ठेलों पर लइया, गट्‌टे, चिउड़ा, तिलकुट, रामदाना और लइया के लड्डू, बताशे, बेसन और गुड़ के लच्छे, उड़द, चावल, नमक और गुड़ की बोरियाँ सज रही थीं। ठेलों पर यह सुविधा है कि बिक्री भी घूम-घूम कर हो जाती है और पुलिस के डंडों से तथा उनको मुफ्त माल देने से भी थोड़ी-बहुत बचत हो जाती है।

१३ जनवरी को लोहड़ी का पर्व और १४ जनवरी को मकर संक्रांति का पर्व पड़ता है। पहले प्राय: इन्हीं सुनिश्चित तिथियों को लोहड़ी और मकर नहान हो जाता था। अब कई वर्षों से ग्रह राशियों के योग क्रम को देखते हुए दो दिन मकर नहान होता है। कुछ लोग उदय तिथि को महत्त्व देते हैं कुछ लोग संक्रांति काल को।

१३ जनवरी की प्रात: तक कालिंदी देवी का परिवार आना सुनिश्चित था।

एक दिन सुबह-सुबह प्रदीप का फोन आया—''माँजी! आपने वाराणसी आने का निमंत्रण दिया था ना! मैं अपनी माँ के साथ १३ को सबेरे पहुँच रहा हूँ। साथ में आपकी नन्ही पोती भी है।''

मातंगी ने स्वागत के स्वर में कहा, ''बहुत अच्छा! मैं स्टेशन आऊँगी आप लोगों को लेने।''

प्रदीप ने उत्तर दिया, ''नहीं माँजी, नहीं, आप कष्ट न करें। हम लोग होटल में रुककर, नहा-धोकर मिलने आएँगे। हाँ, संक्रांति की भीड़ में मेरी माताजी को स्नान कराने का भार आप पर रहेगा।''

मातंगीजी ने अधिकार भरे स्वर में कहा, ''माँ कहते हो और रुकोगे होटल

में? मैं कुछ नहीं सुनूँगी। यहीं आना है। परिवार में होटल जैसी सुव्यवस्था तो नहीं होगी। हाँ, परिवार के लोगों की तरह सुविधा-असुविधा आप लोग झेल लेंगे तो मुझे खुशी होगी।''

प्रदीप निरुत्तर हो गया था। फिर बोला, ''अच्छा माँजी! जैसी आपकी आज्ञा।'' कहकर अपनी ट्रेन और आरक्षित बोगी का विवरण बता दिया।

मातंगीजी अति उत्साह से भरी थीं।

नीरमती को आश्चर्य हो रहा था, ऐसा कौन आ रहा है, जो माताजी इतनी प्रसन्न हैं? उसने पूछ लिया—''माँजी! माताजी के परिवार के अलावा और कौन आ रहा है?''

मातंगी बोलीं, ''मैं सेमिनार में गई थी न, जिस लड़के की भलमनसाहत और अपनेपन की बात कर रही थी, वही कल अपनी माँ के साथ आ रहा है। उसकी छोटी बच्ची भी साथ में है। देखना, उसकी सज्जनता कैसे सबको मोह लेती है।''

नीरमती की आँखों में एक काल्पनिक चेहरा घूम गया। हँसमुख, सौम्य।

किशोरावस्था से ही हर लड़की की कल्पना में कुछ चेहरे घूमते हैं। जरूरी नहीं कि शारीरिक सुंदरता के ही कारण किसी की ओर आकर्षण हो। यह आकर्षण किसी की सहजता, उदारता, स्नेहिल भाव या मन की किसी भी सुंदरता की ओर हो सकता है।

उसके मन में भी कुछ चेहरे आते थे, जो अच्छे लगते थे। उनसे बात करने को, उनके पास बैठने को, उन्हें देखने को मन करता था।

नीरमती सोचती—क्या यह प्रेम है? पर प्रेम तो एक से ही होता है। ऐसे तो कई लोग हैं जो मन को अच्छे लगते हैं। तो यह अच्छा लगना क्या है?

उसकी एक अध्यापिका थीं—विनोदिनी दीदी। वह बहुत अच्छी-अच्छी बातें बताती थीं। वह कहती थीं—नई उम्र की लड़कियाँ, यदि कोई अच्छा लगने लगे तो उसे ही प्रेम समझने लगती हैं। प्रेम तो बहुत गहरा अर्थ रखता है। वह माता-पिता, भाई-बहन, देश और ईश्वर से भी होता है और पति-पत्नी के बीच, प्रेमी-प्रेमिका के बीच भी होता है। इस उम्र में लड़के-लड़कियाँ आकर्षण को, मोह को भी प्रेम समझने लगते हैं। यह भी प्रेम है। इनमें भी शारीरिक आकर्षण है, पर कुछ दिन बाद मोह भंग हो जाता है तो आकर्षण नहीं रहता। बहुत बार

लोग किसी स्वार्थ के कारण जुड़ते हैं और उसे भी प्रेम समझ लेते हैं। इसलिए प्रेम की गहराई और सच्चाई की परख तो अभावों में, कष्टों में होती है। अधिक समय तक वह स्थिर रहे, मन को उसी तरह आकर्षण में बाँधे रहे, वही सच्चा प्रेम होता है।

विनोदिनी दीदी की बातें सुंदर सपनों की तरह अच्छी लगती थीं। आज भी एक-एक शब्द याद है। पर नीरमती के सपनों को तो आग लगा दी गई थी। वह तो अपने अभिशप्त जीवन को ढो भी न पाती, यदि उसके शीत-बसंत उसके जीवन में न आते।

□

अंगद नानी की गोद में चिड़ियों की कहानी सुनते-सुनते सो गया था।

नीरमती अपनी कहानी में उलझी चावल बीन रही थी। एक-एक कंकड़ चुनती और फेंकती जा रही थी। वह सोचने लगी—काश! जीवन से भी ये कटु स्मृतियों के कंकड़ निकालकर फेंके जा सकते।

माँजी ने पुकारा—"नीरमती! अंगद को ले जाकर बिस्तर पर सुला दो।"

वह उठ गई।

बच्चे को सुलाकर आई तो मातंगीजी ने पूछ लिया, "नीरमती! तेरी माँ और भाई-बहनों पर क्या-क्या बीती? अब वे कैसे हैं, तुम्हें चिंता तो होती ही होगी? क्या तुम वहाँ जाना चाहोगी?"

नीरमती ने नहीं में सिर हिला दिया। फिर बोली, "माँजी! मेरे जाने से उनके जीवन में फिर कोई तूफान खड़ा न हो जाए, इसलिए उनकी चिंता होते हुए भी मैं वहाँ जाने का साहस नहीं जुटा पाती।"

मातंगीजी ने कहा, "अच्छा ठीक है, तुम मत जाओ। पहले एक बार मैं जाऊँगी, फिर आगे की सोचूँगी।"

नीरमती का मन आँगन की गौरैया सा उड़कर वहाँ पहुँच गया। मन उत्कंठा से भर गया। पिताजी के जाने के बाद कैसे सँभला होगा घर? मेरे चले आने से सबने सोच लिया होगा कि मैं कहीं मर-खप गई। मेरे जीवित रहने की खबर वहाँ क्या रूप लेगी? क्या माँ खुश हो पाएगी? मुझे अपनी गोद में फिर से समेटना चाहेगी या लोकलाज के कारण चुपके से वापस चले जाने को कह देगी?

नीरमती ने मन को जबरन वर्तमान की ओर खींचा।

मेहमानों के स्वागत की पूरी व्यवस्था हो गई थी।

कालिंदीजी मातंगीजी के कमरे में ठहरेंगी। रवि बाबू और अंजनाजी व मेरा…नहीं-नहीं उनका बेटा एक कमरे में। पहाड़ से आनेवाले माता, पुत्र अतिथि कक्ष में रुकेंगे।

सबके कमरे में बिस्तर लगा दिए गए थे। तौलिया, साबुन, पानी सबकी व्यवस्था नीरमती ने कर दी थी। फिर भी उसने माँजी से एक बार देख लेने का आग्रह किया।

मातंगीजी उसकी सुव्यवस्था से चकित थीं और संतुष्ट भी। वह सोचने लगीं—यदि इसे विदा करने की सोचती हूँ तो मैं फिर से असहाय और अकेली हो जाऊँगी। पर अपने स्वार्थ के लिए नीरमती के भविष्य के प्रति सोचना और उसके लिए कुछ करने का विचार मैं नहीं छोड़ सकती। हाँ कोई ऐसा हो जो सुयोग्य हो, बेघर-बार हो, उसके हाथों में अपनी इस बेटी को सौंपकर यहीं रख सकती हूँ।

प्रदीप के बारे में मन में विचार उठा था। पर उनकी माँ हैं, साथ में बेटी भी आ रही है। इसका अर्थ हुआ कि प्रदीप विवाहित है। प्रदीप से ही कहूँगी कि वह इस योजना में मेरी मदद करे।

□

मेहमान दो अलग-अलग परिवारों के आए थे। घर भर गया था। स्वागत-सत्कार की गहमा-गहमी थी। कहीं कोई यह न समझे कि हमें कम महत्त्व दिया जा रहा है। इसलिए नीरमती मातंगीजी का हर इशारा समझकर सबकुछ सँभाल रही थी, पर उसका मन घूम-फिरकर एक ही केंद्र बिंदु पर अटका जा रहा था। वह कितना मोहक था, भोला अबोध था, कितना अपना था। उसका मन बहक-बहक जा रहा था। कैसे उसे बाँहों में भर ले, छाती से लगा ले।

अंगद कुछ देर तक तो भौंचक्का सा सबको देखता रहा। फिर दो दोस्त पाकर उनमें रम गया। यह तय हुआ था कि मकर सक्रांति की भोर में सब लोग निकल जाएँगे, नहीं तो भीड़ बढ़ जाएगी। बच्चे तब तक सोते रहेंगे। नीरमती उन्हें सँभाल लेगी। नीरमती बाद में पड़ोस की स्त्रियों के साथ स्नान के लिए चली जाएगी।

नीरमती को तो मुँह माँगी मुराद मिल गई। पर रात कटनी ही मुश्किल हो गई। शायद मातंगी माँ ने जानबूझकर यह अवसर मुझे दिया, वह सोच रही थी।

अपनी गाड़ी और एक टैक्सी में सभी लोग स्नान के लिए चले गए।

नीरमती ने अपने नित्य कर्म जल्दी-जल्दी निपटा लिए। नाश्ते आदि की पूरी व्यवस्था कर ली गई। कामवाली आएगी तो गरम-गरम नाश्ता, चाय बना देगी।

नीरमती बीच-बीच में बच्चों को झाँक-झाँक आती। उसने अंगद को भी लाकर उसके भाई के पास लिटा दिया था।

दोनों भाइयों को एक साथ देख पाने का सुख कितने दिनों बाद आज उसे मिला था। काश! आज के ये क्षण इतने लंबे हो जाएँ कि बीतें ही नहीं। पर लंबे पहाड़ से तो दु:ख के क्षण होते हैं। सुख के पहर तो पंख लगाकर उड़ते हैं।

मन हुआ कि अपने बच्चे को उठाकर छाती से लगा ले। पर जग जाने पर कहीं रोने न लगे और फिर उसकी आवाज से वे दोनों बच्चे भी जाग गए तो सँभालना कठिन हो जाएगा। अंगद को तो सँभाल लूँगी, पर प्रदीपजी की बेटी को पता नहीं चुप करा पाऊँगी कि नहीं। अभी कल ही तो आई है अपरिचित लोगों में, अपरिचित घर में।

बिटिया है बड़ी सुंदर, प्रदीपजी को ही पड़ी है। उसकी माँ कहाँ है? यह जिज्ञासा मन में उठी। कहीं इस प्यारी बच्ची की माँ को ईश्वर ने तो नहीं छीन लिया, सोचकर बच्ची के प्रति मन वात्सल्य से भर गया। फिर अपनी सोच को लगाम दी। यह भी हो सकता है कि कहीं नौकरी करती हों या कहीं बाहर गई हों। खैर, जो भी हो, पता चल ही जाएगा।

मुझे तो इस अनमोल क्षण का भरपूर सुख उठा लेना है।

वह अपलक अपने बिछुरे-मिले बच्चे को निहार रही थी। वह सोते में मुसकरा रहा था। उसे लगा कि बाल गोपाल मेरी भावनाओं को, मेरे उतावलेपन को देखकर हँस रहे हैं। उसने प्रार्थना में हाथ जोड़ लिये—प्रभु! मेरे बच्चों की रक्षा करना, तुम्हीं इनके पिता हो।

बच्चा कुनमुनाया। उसने उसे अपनी गोद में उठा लिया। फिर कंधे पर टिका थपकियाँ देने लगी। ऐसा न हो कि सामने गोद में लेने पर अपरिचित चेहरा देखकर रोने लगे।

कंधे पर टिका बच्चा माँ की ममता से नहा रहा था। माँ की आँखें सुख में विह्वल होकर झर रही थीं।

कामवाली ने दरवाजा खटकाया तो उसने स्वयं को सँयत किया और बच्चे को कंधे पर लिये-लिये ही दरवाजा खोल दिया। कामवाली का नाम गायत्री था। उससे नीरमती की मैत्री थी। गायत्री ने नीरमती की भीगी आँखों में चेहरे की उमंग को पढ़ लिया था। वह बोली, ''दीदी! मेहमानों के आने से घर में बड़ी रौनक है। आप बच्चे को लिये-लिये ही हमको बताती जाएँ, हम सब काम निपटा लेंगे।''

उसके आ जाने से नीरमती को राहत मिल गई थी। वह कमरे से रसोई तक बच्चे को टहलाते हुए गायत्री को काम समझाती जा रही थी।

गायत्री ने कहा, ''बच्चा सो गया है दीदी! उसे लिटा दीजिए। ऐसे तो आप थक जाएँगी। अभी दिन भर आपको बहुत काम सँभालना है।'' फिर बोली, ''अच्छा, मैं कुरसी रख देती हूँ रसोई में, आप मुन्ने को लेकर बैठ जाइए। बहुत प्यारा बच्चा है। आपकी गोद में तो ऐसे चिपका है जैसे अपनी माँ के।''

नीरमती चौंक पड़ी।

''इसकी माँ अब आ ही रही होंगी, तब तक सोता ही रहे तो अच्छा है। रोने लगा तो मैं तीनों को कैसे सँभाल पाऊँगी?''

आज के बाद जाने कब इसे स्पर्श कर पाऊँगी, सोचकर वह उदास हो गई। मन हुआ काश! वह एक बार माँ कहकर मेरे सीने में अपना मुँह छिपा लेता।

गाड़ी रुकने की आवाज से वह चैतन्य हुई।

धीरे से बच्चे को बिस्तर पर सुला दिया। जैसे चोरी कर रही हो, कोई देख न ले।

सब लोग अंदर आ गए, बच्चे सो रहे हैं, देखकर सभी आश्वस्त हुए।

गंगाजल की बोतल नीरमती को थमाते हुए कालिंदीजी बोलीं, जल भर तो लाई हूँ, पर ले नहीं जा सकते। काशी से कुछ ले जाने का अर्थ है कर्ज लेना, क्योंकि सारे संसार की मिट्टी और पंचतत्त्वों की पार्थिव देह यहाँ आकर मुक्ति पाती है। इसलिए पंडाजी ने कहा कि ले जाओ, पर काशी से बाहर मत ले जाना।''

नीरमती ने कहा, ''अच्छा किया माँजी, कि गंगाजी को साथ लाईं, अब मुझे घर में ही गंगास्नान का पुण्य सुलभ हो गया। जाने से बच गई। वैसे भी मुझे भीड़-भाड़ में डर लगता है।''

तीनों माताओं के चरण छूकर नीरमती बोली, ''आप लोगों की चरण-धूलि से भी गंगास्नान का पुण्य मुझे मिल गया। आपने दर्शन का लाभ किया तो आप सबको देखकर मुझे भी दर्शन का लाभ मिल गया।''

मातंगीजी बोल उठीं—''नीरमती की बात से मुझे सूरदास का वह पद याद आ गया, जिसमें गोपियाँ उद्धव से कहती हैं कि आपको देखकर हमें श्याम को देखने का सुख मिला। ऊधो हम बड़भागी—

जिन अँखियन तुम स्याम निहारे, सोइ अँखियाँ हम लागीं।''

प्रदीप और रवि भी पीछे से आ गए थे।

प्रदीप ने पूछ लिया—''माँजी, यहाँ तो बड़ा साहित्यिक माहौल है।''

नीरमती संकुचित हो उठी और रसोई की ओर व्यस्त भाव से बढ़ चली।

पूरा दिन चाय-नाश्ता, भोजन फिर शाम की चाय, रात्रि भोजन। इन सबकी व्यवस्था में नीरमती बच्चों के पास बैठ भी नहीं पा रही थी। मातंगी माँजी को उसने आवभगत की जिम्मेदारी से एकदम मुक्त कर दिया था। अंजना भी उसके साथ हाथ बँटा रही थी।

रात के भोजन के बाद सब लोग आराम से बैठे तो बातें होने लगीं।

अंजना और नीरमती दोनों बच्चों को लेकर एक साथ बैठीं तो लगा—दो बहनें मिल रही हैं। दोनों ही बच्चों की आदतों के बारे में बातें करती रहीं।

रवि और प्रदीप की जोड़ी अलग गपशप में मशगूल थी। आज की राजनीति, सांस्कृतिक ह्रास, आर्थिक विषमताएँ उनकी चर्चा के केंद्र में थे।

कालिंदी, मातंगी और प्रदीप की माँ वसुंधरा—तीनों एक साथ बैठी थीं।

वसुंधराजी की गोद में उनकी पौत्री अपूर्वा सो गई थी।

मातंगीजी को संकोच हो रहा था कि उस नन्ही बच्ची की माँ के बारे में कैसे पूछें ? कहीं ऐसा पूछकर उनकी कोई दुःखती रग न छू जाए, इसका संकोच था।

अचानक कालिंदीजी ने पूछ ही लिया, ''बहनजी! अपूर्वा की माँ नहीं आई। वह भी आती तो और अच्छा लगता।

वसुंधराजी की आँखों में एक शून्य सा उभर आया, आह भरकर बोली, काश! ऐसा हो सकता तो कितना अच्छा होता।''

सभी चुप हो गए। आगे कुछ पूछने का अर्थ था, उनके मन को और कष्ट देना।

पर वसुंधराजी स्वयं ही बताने लगीं। उन्होंने जो बताया, वह सचमुच ही सबको उदास कर गया।

''बड़े शौक से बेटे की शादी की थी सुंदर, सुशील कन्या देखकर। केवल कन्या ही तो देखनी थी। माता-पिता भी बहुत सौम्य, सुशील दिखे। सामान्य मध्यम वर्ग का परिवार था।

हमने केवल कुश-कन्या माँगी थी। प्रदीप को सुधारवादी विचार उसके पिता से विरासत में मिले थे। बहुत ऊँचे घरानों से करोड़पतियों के यहाँ से रिश्ते आए, पर हमारा एक ही संकल्प था कि सुधार अपने ही घर से होना, शुरू करना चाहिए। हम बिना दहेज के बहू लाएँगे। दहेज के नाम पर होनेवाली दुर्घटनाओं को रोकने का एक मात्र उपाय है कि हर व्यक्ति स्वयं को एक आदर्श रूप में प्रस्तुत करे।

''विवाह हुआ। बहू ने आते ही अपना रंग दिखाना शुरू कर दिया। सबकी अवज्ञा करना एवं सबका अपमान करना ही उसका लक्ष्य बन गया। हम लोगों ने बहुत समझाया, पर उसकी एक ही जिद थी प्रदीप से कि मैं तुम्हारे माता-पिता के साथ नहीं रहूँगी। मुझे स्वतंत्र जीवन चाहिए। हम लोगों ने उसके लिए अलग एक फ्लैट ले दिया और प्रदीप को समझा-बुझाकर उसके साथ रहने को भेज दिया। प्रदीप की एक छोटी बहन है। उसका हमारे घर आना-जाना उसे पसंद नहीं था। उसकी एक लड़की है, जो अपने मामा को बहुत प्रिय है। प्रदीप का उसके साथ हँसना-खेलना उसे फूटी आँखों नहीं सुहाता था। बेटी को यह एहसास हुआ तो उसने स्वयं ही मायके आना कम कर दिया। उसने क्षमा माँगते हुए कहा था—'माँ! पिताजी! मैं इसलिए नहीं आ रही हूँ कि भइया की गृहस्थी सुख से चल सके। आप लोगों को जब भी मेरी आवश्यकता होगी, मैं तुरंत आ जाऊँगी।'

''प्रदीप चुप रहने लगा था। भीतर-ही-भीतर घुल रहा था। माता-पिता को इस उम्र में छोड़कर अलग घर बसाने की कल्पना उसके लिए भयावह थी।

हम दोनों ने उसे किसी तरह राजी कर लिया था कि तुम इसी शहर में तो हो, जब इच्छा हो आ जाया करना। प्रदीप को उस फ्लैट में पत्नी के साथ रहते हुए एक महीने भी नहीं बीते होंगे कि बहू के माता-पिता आए और हम दोनों से ऊँची आवाज में बातें करने लगे। आप प्रदीप को बुलाइए, उसने मेरी बेटी का अपमान किया है। क्या इसीलिए हमने आपके घर उसे भेजा था। आप लोगों ने अपने बेटे को यही तमीज सिखाई है?

''प्रदीप के पिताजी को भी क्रोध आ गया, ऐसा उनके चेहरे से लग रहा था, फिर भी वह संयत होकर बोल उठे—'आप मेरे बेटे की तमीज की बात कर रहे हैं, पहले बहू को समझाइए। अभी बचपना है, आप समझाएँगे तो समझ जाएगी। हमने तो समझाने का प्रयास किया, पर उसका उल्टा असर होते देख हम चुप हो गए। उनका उत्तर था—'मेरी बेटी की समझदारी में कोई कमी नहीं है। वह झूठ नहीं बोलती। उसके आँसू बताते हैं कि उसे कितना कष्ट है? यह ठीक नहीं है। आप अपने बेटे को समझा दीजिएगा।' कहकर वे उठ ही रहे थे कि प्रदीप पीछे से बोल पड़ा—'बाबूजी! आपने उसके आँसू देखे, पर मेरे आँसू तो न आप देख सकते हैं और न मेरे माता-पिता पोंछ सकते हैं, क्योंकि आपकी बेटी को एतराज है। मेरी पत्नी को पति या जीवन साथी की जरूरत नहीं, उसे एक ड्राइवर चाहिए, जो उसे सैर कराए, रात-दिन खटकर कमाकर लाए और वह होटलों में, मॉल में, क्लबों में अपनी शान-शौकत दिखा सके। एक सेवक चाहिए, जिसका अपना कोई विचार न हो, व्यक्तित्व न हो, जो केवल उनके आदेशों का पालन करे, उनके विचारों को महानतम माने, उनकी कही बात को अंतिम सत्य माने।'

''बाबूजी! आपने अपनी बेटी का वर चुनते समय इन सारी बातों को, जरूरतों को ध्यान में नहीं रखा। मैं कोशिश कर रहा हूँ कि उनके अनुरूप स्वयं को ढाल सकूँ। मेरे माता-पिता, बहन भी यही कोशिश कर रहे हैं। यदि आप भी इसमें कुछ सहायता कर सकें तो बड़ा उपकार होगा।' बहू के माता-पिता दोनों एक साथ ही बोलने लगे थे—'आपके कहने का मतलब है कि मेरी बेटी में ही सारी खराबियाँ हैं, वह बद्‌दिमाग है। देखिए, हम अपनी बेटी के आँसू नहीं देख सकते। हमने बड़े नाजों से पाला है उसे, हमें उसकी तकलीफ बरदाश्त नहीं हो सकती। हम ने आप लोगों को बता दिया, बस!' कहकर वह चले गए।

''प्रदीप गुमसुम सा रहने लगा था। हमारे पास आने पर उसके घर में तनाव होता था तो हमने उसे समझाया कि तुम फोन पर बात कर लिया करो, यहाँ मत आया करो। फिर फोन भी चेक किया जाने लगा। किसकी रिसीविंग कॉल है, किसकी डायल की गई। प्रदीप की उन्मुक्त हँसी, उसका मिलनसार स्वभाव सब खोता जा रहा था। अचानक एक दिन उसने फोन किया तो उसकी आवाज में पहले जैसी चमक थी, उत्साह और प्रसन्नता थी। माँ! पिताजी! आप लोग दादा, दादी बननेवाले हैं।

''हमारे निराश हो रहे मन में आशा की किरण जग गई। हमने अपनी बेटी हेमा को भी सूचित कर दिया। उसने प्रसन्न होकर भाई-भाभी को बधाई देने के लिए फोन कर दिया। फिर क्या था? उसका पारा आसमान पर चढ़ गया। आपको ढोल पीटने की क्या जरूरत थी? मुझे अभी बच्चा नहीं चाहिए। मैं एबॉर्शन करा लूँगी। सोचा था चुपचाप सब हो जाएगा, पर आपने तो मुसीबत खड़ी कर दी। बधाइयाँ लेने का शौक आपको चर्रा गया।

'''खैर मेरा निश्चय अडिग है। मुझे अभी बच्चा नहीं चाहिए।' उसने ऐलान कर दिया। प्रदीप ने उसके माता-पिता को सारी बातों की सूचना दे दी कि वे शायद उसे समझा देंगे। पर इसका भी उल्टा असर हुआ। आप मेरे माता-पिता से मेरी शिकायत करते हैं। कहकर उसने रोना-धोना शुरू कर दिया। खैर, किसी तरह अपने माता-पिता और डॉक्टर के बहुत समझाने पर बच्चे को जन्म देने के लिए वह तैयार हुई। अपूर्वा के जन्म के बाद हमें आशा थी कि वह माँ की ममता में बँधकर बदल जाएगी। पर उसने तो जन्म देने के बाद अपना दूध पिलाना भी पसंद नहीं किया।

''अमेरिका की एक प्राइवेट कंपनी में उसने नौकरी के लिए एप्लाई किया था। उसको इंटरव्यू के लिए बुलाया गया था। इस नौकरी का जुगाड़ उसके मौसेरे भाई ने किया था। वह उसी कंपनी में तीन वर्षों से काम कर रहा था। उसने अमेरिका के सुख-वैभव के जाने कितने ख्वाब उसकी आँखों में जगाए थे?

''वहाँ जाने में बच्ची बाधक थी। प्रयास साल भर पहले से चल रहा था, इसलिए वह बच्चे को जन्म नहीं देना चाह रही थी। यह बात उसने अब बता ही दी। पहले नहीं बता रही थी कि यदि वहाँ से इंटरव्यू के लिए नहीं बुलाया

गया तो मेरी हेठी होगी। प्रदीप को इस बात की और चोट पहुँची कि यह सब उसके माता-पिता जानते थे, पर प्रदीप को नहीं बताया गया था। उसने जब कॉल लेटर दिखाकर अपने जाने का निश्चय उसे सुनाया तो प्रदीप अवाक् रह गया। थोड़ी देर बाद उसने इतना कहा था—तुम जाओगी, तो यह बच्ची? उसने तपाक से उत्तर दिया था—यह तुम जानो। मैंने तो पहले ही मना कर दिया था।

''फिर वह अमेरिका चली गई थी। प्रदीप बच्ची को लेकर हमारे पास आ गया था। मुझसे अकेले बच्ची सँभल पाएगी कि नहीं यह सोचकर बहन भी आ गई थी। अपनी गृहस्थी सँभालते हुए उसने भाई की बच्ची को भी पाला-पोसा।''

इतना सुनते-सुनते सबके मुँह से आह निकल गई।

अब मातंगीजी ने पूछ लिया—''फिर वह कब लौटी? इस समय कहाँ हैं?''

वसुंधराजी ने उत्तर दिया—''बहनजी! उसने वहाँ से तलाक की अरजी भेज दी, जिसे लेकर उसके पिता अपने साढ़ू भाई के साथ आए। साथ ही एक सूची भी लाए थे कि हमने अपनी बेटी को जो सामान दिया था वह वापस चाहिए।

''सूची के अनुसार प्रदीप ने एक-एक चीज खोजकर उन्हें उपलब्ध करा दी थी, जो उन्होंने अपनी बेटी को उपहार-स्वरूप दी थी। उस सूची में हैंगर जैसी मामूली चीजों के साथ प्रदीप को सगाई में पहनाई गई अँगूठी भी थी। प्रदीप ने उनके सामानों के साथ स्वयं खरीद कर दिए गए सामान और ससुराल में मिले उसके जेवर और अन्य उपहार भी उन्हें वापस कर दिए थे। बस एक सामान नहीं लौटाया तो वह था—'डाइवॉर्स पेपर', जिस पर उसने साइन नहीं किए थे।

''वर्ष भर वहाँ से दूसरे लोगों के फोन आते रहे कि डाइवॉर्स पेपर लौटा दीजिए, पर हम लोग प्रतीक्षा कर रहे थे कि शायद अपनी बच्ची का मोह उसे वापस लौटा लाएगा। किंतु हमारा सोचना फिर गलत सिद्ध हुआ। उनका वकील नोटिस लेकर आया कि आप अपनी पत्नी के साथ अत्याचार कर रहे हैं। उसे मुक्त नहीं कर रहे हैं। वह अपना पुनर्विवाह करना चाहती है, वह आपके साथ जीवन नहीं बिताना चाहती।

''प्रदीप ने उस दिन भी फोन पर बात करने की कोशिश की पर उसने

बात नहीं की। फिर उसके भाई का फोन आया कि रजनी कंपनी के मालिक से विवाह करना चाह रही है, जो आपसे तलाक हुए बिना संभव नहीं है। उस दिन प्रदीप ने उससे कहा था—मैं यह बात रजनी के मुख से सुनकर ही हस्ताक्षर करके भेजूँगा। मुझे लग रहा है कि रजनी किसी साजिश का शिकार तो नहीं हुई है। उसी समय फोन पर उसने स्वयं चीखते हुए कहा था—'हाँ, मुझे तुमसे तलाक चाहिए, मुझे अब भारत में रहना ही नहीं है तो यह झूठा बंधन क्यों है?'

"प्रदीप ने आवाज पहचान ली थी। फिर भी उसे लगा कि कहीं उसे बाध्य न किया गया हो ऐसा कहने के लिए। प्रदीप ने उस कंपनी के मालिक से भी बात की। फिर दूसरे दिन अमेरिका के लिए स्वयं प्रस्थान किया। वहाँ पहुँचकर रजनी को कंपनी के मालिक के साथ पति-पत्नी के रूप में साथ रहते हुए स्वयं देखा। विवाह तो एक औपचारिकता का निर्वाह मात्र था, विदेशी कानून की मजबूरी थी, जिसके लिए तलाक जरूरी था। प्रदीप ने रजनी के सामने हस्ताक्षर करके वह कागज उसे सौंप दिया।

"उसे उम्मीद थी कि शायद रजनी एक बार अपूर्वा के बारे में पूछे, पर ऐसा नहीं हुआ और उसे उसकी आँखों में अहं के विजय का दर्प दिखाई दिया। प्रदीप लौट आया और लगा कि वह एक बड़े तनाव से मुक्त हो गया है। एक भारी बोझ उसके सीने से उतर गया हो। धीरे-धीरे वह अपने स्वाभाविक रूप में लौट आया। उसकी बेटी उसका प्राण है। अब वह समाज के लिए कुछ-न-कुछ करते रहने का संकल्प लिये रात-दिन काम में जुटा रहता है।"

कालिंदीजी ने पुनः प्रश्न किया—"आपने उसकी गृहस्थी फिर से बसाने के लिए प्रयास नहीं किया?"

"किया बहनजी! बहुत किया, पर वह राजी नहीं होता। वह अपनी बेटी के लिए सौतेली माँ नहीं लाना चाहता। बहनजी! मेरे बेटे ने इसकी माँ को वापस लाने का हर प्रयास किया। यह जानकर भी कि वह दूसरे के साथ रह रही है, उसने उससे बात की कि अभी भी मेरा द्वार तुम्हारे लिए खुला है। मेरे लिए नहीं तो अपनी बच्ची के लिए लौट चलो। फाड़ दो इस कागज को।

"पर उसने उत्तर दिया था—वह बच्ची तुम्हारी इच्छा से आई है, मुझे तो उसे इसलिए जन्म देना पड़ा क्योंकि डॉक्टर ने कहा था कि एबॉर्शन से मेरे

स्वास्थ्य को खतरा है। मैं अपनी नई जिंदगी से खुश हूँ। तुम्हारे घर क्या, अब तो मैं हिंदुस्तान ही नहीं आऊँगी। कौन जाएगा उस नरक में, यहाँ का स्वर्ग छोड़कर।

''वहाँ से लौटते ही प्रदीप पर दूसरा वज्राघात हुआ। उसके पिता एक रात को अच्छे भले खा-पीकर सोए और फिर जगे ही नहीं। डॉक्टर ने बताया कि उन्हें साइलेंट हृदयाघात हुआ था।

''मेरा बेटा टूट गया। बहनजी! यह बच्ची और कलम ही उसकी शक्ति है। उसकी रचनाओं में सारे संसार का दर्द है। अपने पिता की असामयिक मृत्यु के लिए वह स्वयं को जिम्मेदार मानने लगा है, क्योंकि उसके पिता इस आत्मग्लानि और पश्चात्ताप से मन-ही-मन घुलने लगे थे कि मैंने यह विवाह कराकर अपने बेटे का जीवन बरबाद कर दिया। वे किसी से अपने मन का दर्द नहीं कहते थे। उनका मौन ही उनके लिए मौन हृदयाघात का निमंत्रण लाया था।

''मैंने उसे बहुत समझाया, फिर उसने अध्ययन-मनन करते-करते अपने को सँभाला और मुझे भी। मैं तो उसके पिता के जाने के बाद एकदम टूट गई थी, पर अपने बेटे और इस बच्ची के लिए हृदय पर पत्थर रखकर उठ गई। मेरा बेटा अभी तक उसके हृदय परिवर्तन की प्रतीक्षा कर रहा है।

''मैंने भी लगातार कोशिश की। उसके मायकेवालों को पत्र लिखा, फोन किया कि उसे समझाइए। पर उन्होंने कोई उत्तर नहीं दिया। पता नहीं, प्रयास किया या विफल रहे, कुछ भी उत्तर नहीं। कभी-कभी मुझे लगता है कि मेरे पति, पुत्र तथा मुझे यंत्रणा देनेवालों को मैं क्षमा न करूँ, पर हमारे संस्कार हमें विवश करते हैं, प्रेरित करते हैं कि तुम अपना कर्तव्य करो, जो विवेक का प्रयोग न करें, वे दया के पात्र हैं।

''भगवान् ने स्वयं क्षमा के अनूठे उदाहरण अपनी लीला से दिए हैं। यही सब सोचकर मन को संतोष देती हूँ। पर मेरा बेटा कब तक उसकी वापसी की प्रतीक्षा करेगा? सोचती हूँ तो कलेजा फटने लगता है। मुझे तो नहीं लगता कि वह अब लौटेगी। और यदि आ भी गई तो मेरे बेटे के साथ संतुष्ट हो पाएगी या इस बच्ची को अपना पाएगी, मुझे तो संदेह है। पर बेटे के मौन के आगे मैं तो विवश हूँ।''

वसुंधराजी का दर्द सबकी आँखें गीली कर गया था।

□

अंजना और नीरमती बच्चों को सुलाकर उन लोगों के पास आ गईं।

नीरमती तीनों माताओं के लिए दूध के गिलास लेकर आई थी। गिलास थमाते हुए बोली, "आप लोग आराम करें। काफी पैदल चलना पड़ा होगा। हम आप लोगों के पैरों में तेल की मालिश कर देते हैं।"

वसुंधराजी और कालिंदीजी मना करने लगीं।

मातंगीजी ने कहा, "वह माननेवाली नहीं है, मना करके देख लीजिए। और आज तो आप लोग गंगास्नान करके आई हैं, तो घर बैठे पुण्य-लाभ का उसका अधिकार मत छीनिए।"

सभी लोग हँस पड़े।

अंजना मातंगीजी के पास पाँव में मालिश करने बैठी। अपनी सास से पहले सास की सखियों, गोतिनों का ध्यान रखना चाहिए, ऐसा उसकी माँ और सास दोनों ने उसे सिखाया था।

मातंगीजी ने ज्यादा मना नहीं किया, इसलिए कि वे दोनों भी मना करने लगें।

नीरमती ने भी पहले वसुंधराजी की मालिश का उपक्रम किया। वह सचमुच अतिथि थीं। कालिंदीजी और मातंगीजी तो अपनी थीं।

वसुंधराजी ने नीरमती का हाथ थाम लिया। उनकी आँखें भर आईं, बोली, "नहीं बेटी! तुमने तो कल से इतनी सेवा की है कि मैं तुम्हारी मुरीद हो गई हूँ। इन दोनों बहनों ने तुम्हारी इतनी तारीफ की थी आज रास्ते में कि मैं सोच ही नहीं पा रही थी कि एक ही लड़की में इतने सारे गुण हो सकते हैं। तुम्हारे माता-पिता धन्य हैं बेटी! जिन्होंने तुम्हें इतने अच्छे संस्कार दिए।"

नीरमती ने हठपूर्वक उनके पाँव में मालिश शुरू कर दी थी। पैर का दर्द पिघल रहा था और मन का दर्द घुलता जा रहा था। हर सास, हर माँ ऐसे ही सद्व्यवहार की, सद्गुणों की कामना करती है, उसका सपना देखती है।

उन्हें याद आया, उनकी सास प्रदीप की तेल-मालिश करते समय, सुलाते समय लोरियाँ गाती थीं—

'कब लाल बड़ाकै होइहैं,
कब बाबा की बगिया जइहैं।

कब आम घवदि लै अइहैं,
कब आजी क जियरा जुड़इहैं।
कब माई क मन हुलसइहैं।
जब लौटि घराँ क अइहैं,
बाबा क लठिया थमिहैं।'

"मेरी एक मित्र शहर से आई थीं, उनकी समझ में इसका अर्थ नहीं आया तो वह मेरी चाची सास से पूछ बैठी थीं। माँजी क्या गा रही हैं?

चाचीजी ने इस लोरी का अर्थ उसे समझाया था—"कब मेरा लाल बड़ा होगा, कब बाबा के बाग में जाएगा? कब आम का गुच्छा तोड़कर लाएगा, कब अपनी दादी का हृदय शीतल करेगा, कब माँ के मन को उल्लास देगा। कब घर लौटकर अपने बाबा की लाठी का सहारा बनेगा।' अर्थ समझकर वह खुशी से उछल पड़ी थी। अरे वसु! इसमें तो ज्यांइंट फैमिली का पूरा स्केच है। माँ का सपना है, परिवार की उम्मीद है, जो बच्चों के जेहन में मालिश के साथ उतारी जा रही है। आजकल हम बच्चों को बताते ही नहीं कि उन्हें बड़ा होकर क्या करना है, क्या करना चाहिए? फिर बच्चे सीखेंगे कहाँ से? मालिश तो स्पर्श के द्वारा बड़ों का प्यार, ममता, आशीर्वाद सबकुछ देने का एक माध्यम है, जिसे हम आज भूलते जा रहे हैं। 'वण्डरफुल माँजी! मुझे आपके ऐसे और सारे गीत सुनने हैं।' सोचते-सोचते वसुंधराजी नीरमती के हाथों के स्पर्श के जादू का अनुभव कर रही थी। एक-एक पोर में राहत का अनुभव कर रही थी।

उन्होंने नीरमती का हाथ पकड़ लिया—"बस बेटा! अब मेरे तन-मन दोनों की थकान दूर हो गई है। मेरा रोम-रोम तुझे आशीर्वाद दे रहा है। तू सदा सुखी रहे, तेरा बच्चा स्वस्थ-दीर्घायु हो।"

अब नीरमती ने कालिंदीजी के पाँव की मालिश शुरू कर दी थी।

मातंगीजी ने भी अंजना को आशीर्वाद देते हुए मुक्त कर दिया था।

अंजना ने कालिंदीजी का दूसरा पाँव थाम लिया था।

मातंगीजी बोल पड़ीं—"अरे! तुम दोनों गुरुजी के शिष्यों की कहानी मत दोहरा देना।"

कालिंदीजी ने पूछा, "कैसी कहानी?"

तब मातंगीजी ने कहना शुरू किया—"एक गुरु के दो शिष्य थे। दोनों ने

एक-एक पैर बाँट लिया था मालिश के लिए। एक बार दाहिने पैरवाला शिष्य कहीं जा रहा था तो उसने दूसरे शिष्य से कहा कि मेरे हिस्से का पैर भी तुम दबा देना। दोनों में पटती नहीं थी तो दूसरे शिष्य ने दाहिने पैर पर पत्थर दे मारा, यह कहते हुए कि मैं तुम्हारे हिस्से का पैर क्यों दबाऊँ? गुरुजी दर्द से कराहने लगे। इतने में पहला शिष्य वापस आ गया और दूसरे की करतूत सुनकर बोला, अच्छा...तूने मेरे पैर को पत्थर मारा, मैं तुम्हारे हिस्से के पैर को तोड़ ही देता हूँ, कहकर बायाँ पैर तोड़ दिया। लेकिन मैं जानती हूँ कि तुम दोनों बुद्धिमान शिष्याएँ हो। यह तो सब मैं तुम्हें हँसाने के लिए कह रही हूँ।''

यह सुनकर सबने एक जोरदार ठहाका लगाकर वातावरण की बोझिलता दूर कर दी।

रवि और प्रदीप भी उठकर उधर आ गए।

प्रदीप ने पूछ लिया—''अरे माँजी! इतने जोर के ठहाके आप लोग लगा रही हैं और हम दोनों बेचारे अलग बैठे हैं, ऐसा अन्याय क्यों?''

अंजना ने देखा, रवि आज बहुत खुश है। बहुत दिनों के बाद उसके चेहरे पर उन्मुक्त हँसी खिली थी। यह प्रदीप का प्रभाव है कि आज सचमुच वह बहुत खुश है। रोजमर्रा की एकरस जिंदगी से अलग आने पर सचमुच अच्छा तो लगता ही है।

प्रदीप को देखकर नीरमती को संकोच हुआ। रवि को देखकर क्यों नहीं? वह स्वयं ही विश्लेषण करने लगी—रवि भैया को तो पहले भी देखा है, उनके घर में रही हूँ शायद इसीलिए। पर प्रदीपजी से पहली बार आमना-सामना हुआ है।

प्रदीप बोल रहे थे—''माँजी! माफ करिएगा, आप लोगों की महफिल में बिना अनुमति लिये आ गया।''

मातंगीजी बोलीं, ''नहीं बेटा! अपने घर में इस तरह की औपचारिकता की आवश्यकता नहीं है। आओ, बैठो तुम लोग भी।'' कहकर पलंग पर ही दोनों के लिए स्थान दे दिया।

नीरमती और अंजना के हाथ से कालिंदी माँ के पैर छूट गए थे। माँजी अपना पैर टेककर बैठ गई थीं।

रवि ने पूछ लिया—''मौसी! आप लोग हँस किस बात पर रही थीं?''

मातंगीजी ने गुरु-चेले की कहानी सुनाते हुए कहा कि गनीमत है, तुम आ गए तो तुम्हारी माँ के दोनों पैर सही सलामत हैं।

एक बार फिर सब लोग हँस पड़े।

नीरमती की सलज्ज हँसी में ऐसी आभा थी कि प्रदीप की आँखें उसपर ठहर गईं, पर वह तुरंत सचेत हो उठा।

यह संयोग ही था कि ठीक उसी समय नीरमती की निगाहें भी ऊपर उठीं और प्रदीप को अपनी ओर देखता पाकर वह लज्जा से लाल हो गई।

मातंगीजी की आँखों ने यह सब देख लिया।

सब लोग अपने-अपने कक्ष में सोने चले गए।

नीरमती को नींद नहीं आ रही थी। उसका मन अपने बिछुड़े बेटे से मिलने और उसे सुखी देख लेने से संतुष्ट था। किंतु नींद न आने का एक कारण और भी था, जिसने उसे स्वयं आश्चर्य में डाल दिया था। बार-बार उसकी आँखों के आगे अपनी ओर ताकता प्रदीपजी का चेहरा घूम-घूमकर आ जाता था। वह रात भर परेशान रही। फिर वह चार घंटा बजने की आवाज को सुनने के बाद सोई और पाँच बजे फिर जाग गई।

□

बनारस की सुबह और शाम-ए-अवध की विशिष्टता मशहूर है। वाराणसी पौ फटने से पहले जगनेवाला शहर है। गंगा स्नानार्थियों की चहल-पहल, मंदिरों की घंटियाँ, शंख, घंटा-घड़ियाल के साथ आरती के स्वर सोनेवालों को जगा ही देते हैं।

नीरमती को वैसे भी सुबह जगने की आदत है। गाँव में पिता तड़के ही खेत में काम करने निकलते थे। वे कहीं भूखे न चले जाएँ, इसलिए नीरमती उनके जगते ही जग जाती। जल्दी से नित्यकर्म निपटाकर चूल्हा जलाती और बाबू के लिए रोटियाँ सेंक देती। कभी तरकारी बनाती तो कभी चूल्हे की आँच में रात को ही खाना बनने के बाद आलू डाल देती थी, जो सुबह भूने हुए मिलते। उनको छील-मसलकर कभी भुरता बना देती तो कभी उसे भरकर पराँठा।

गाँव में पहले चाय का चलन नहीं था। बाबू दूध-रोटी खा लेते थे। कभी रोटी में घी-नमक लगाकर खाकर दूध पी लेते थे। अब कौन बनाता होगा? इतना सोचते ही याद आया कि बाबू तो अब इस दुनिया में रहे ही नहीं। हुमककर

रुलाई फूटी, पर उसे रोक लिया। लेकिन बेजुबान आँसू उमड़ ही पड़े। उसने बिस्तर छोड़ दिया। आज की रात लगभग सभी के लिए अलग ही थी।

मातंगीजी भी रात भर सो नहीं सकी थीं। वसुंधराजी, प्रदीप, नन्ही गुड़िया और प्रदीप की अनदेखी पत्नी उनकी आँखों के सामने आते रहे। कैसी लड़की है वह, जो ऐसे अच्छे लोगों को दुःख देती रही। कैसे हैं उसके माता-पिता, जिन्होंने उसे समझाने की कोशिश नहीं की। या कौन जानता है कि कोशिश की, और नाकामयाब रहे हों। पर उन्हें इनकी चोट पर मरहम तो लगाना चाहिए था। क्या उन्हें अपनी नन्ही दौहित्री के प्रति मोह नहीं होगा? कैसे-कैसे लोग हैं संसार में! ठीक है, सबको आजादी चाहिए, अपने ढंग से जीने का हक है सबको, पर दूसरों को दुःख पहुँचाकर क्या सुख मिल पाता होगा? जो साहस या दुस्साहस उसने विवाह के बाद दिखाया, वह पहले ही दिखा देती तो इतने लोगों के दुःख का कारण तो न बनती।

प्रदीप की माँ ने बताया कि भौतिक सुख-सुविधाओं के लिए वह लड़की पहले से ही बहुत महत्त्वाकांक्षी थी। प्रदीप के पिता ने अपने घर की आर्थिक स्थिति और अपने रहन-सहन के स्तर का पूरा खुलासा उसके माता-पिता से उसके सामने ही कर दिया था, जब हम लोग लड़की देखने गए थे।

तब उन्होंने कहा था—'भाई साहब! मेरी स्थिति ऐसी नहीं है कि मैं दहेज जुटा सकूँ। आप लोगों ने उदारतापूर्वक जिस प्रकार बिना दहेज के रिश्ता करना स्वीकार कर लिया है, आज के युग में यह दुर्लभ है। हमारी बेटी के तो भाग्य खुल गए। प्रदीप जैसा सुयोग्य दामाद तो बड़े पुण्य से मिलता है।'

'वह आत्माभिव्यक्ति तो सचमुच ईमानदार थी, तभी दोनों पक्षों की आँखें भर आई थीं। पर वैभव की दुनिया में पैर रखते ही सबकुछ बदल गया।

मातंगीजी की आँखों के सामने नीरमती का चेहरा घूम गया। वह भी तो एक सामान्य किसान की बेटी है। पर किस तरह वह सबके साथ स्वयं को ढाल लेती है। उसका स्वभाव पानी जैसा है।

क्या वसुंधरा की झोली में अपना यह अनमोल रत्न डालने की पहल मैं करूँ? वे लोग उच्चकुलीन ब्राह्मण हैं। नीरमती का कुल-गोत्र तो मैंने कभी पूछा ही नहीं। कालिंदी ने ही बताया था कि उसके पिता 'कोइरी' कही जानेवाले जाति के थे, जो सब्जी आदि उगाने का कार्य करते हैं। हे भगवान्! मेरी दुविधा

का उत्तर तुम्हीं दोगे। मैं काल देवता पर छोड़ती हूँ। सोचते-सोचते वह भी उठ गईं। प्रातः जल्दी उठने की उन्हें भी आदत थी।

कालिंदीजी को भी रात भर प्रदीप की पत्नी का स्वभाव बेचैन करता रहा। अपनी बहू से तुलना करती रहीं, कैसी शीलवान है वह। मेरा छल क्षमा करते हुए उसने मेरा फैसला सिर-माथे ले लिया। दूसरे के बच्चे को अपने प्राणों से अधिक चाहती है, दूसरी ओर प्रदीप की पत्नी है, जिसे अपनी कोख जायी बच्ची के प्रति लगाव नहीं, जो अपने सुख के लिए ही जीती है। एक नीरमती है, जिसे सबके सुख की चिंता है। हे प्रभु! संसार में कितने-कितने रूप हैं मनुष्य के? अच्छे लोगों का साथ मिलना ईश्वर का सबसे बड़ा वरदान है। उन्होंने अपने स्वर्गीय पति को मन-ही-मन प्रणाम किया। उन्हें यह सुख नसीब नहीं था। वह कुछ बुदबुदाईं, तुम मुझमें विद्यमान हो तो इस सुख का अनुभव तुम भी कर रहे हो।

नींद तो अंजना की भी बार-बार उचट रही थी। नीरमती ने मेरी गोद न भरी होती तो मैं पागल हो ही जाती। मेरे पति तो कभी भी तैयार न होते कि मैं कृत्रिम गर्भधान से माँ बनूँ। जितना मैं उन्हें जानती हूँ, इस प्रक्रिया को वह नारी का पातिव्रत भंग मानते हैं। माँजी ने उन्हें कितना समझाया था। महाभारत, रामायण के उदाहरण दिए थे। 'नियोग' प्रथा को धर्मसंगत ठहराया था, पर उनकी ना को हाँ में नहीं बदल सकी थीं। यदि मैं जिद करती तो मेरा परिवार भी टूट-बिखर गया होता। मैं नीरमती की आजीवन ऋणी रहूँगी। अपने कलेजे के टुकड़े को मुझे सौंपकर भी उसने कभी एहसान जताने का भाव नहीं दिखाया।

रवि गहरी नींद सो रहे थे। बच्चा सरककर उनके सीने से लग गया था। अब वह भी उसके बिना एक पल नहीं रहना चाहते। उसकी हर मुद्रा को कैमरे में कैद करते रहते हैं। वह मुसकरा उठी।

□

प्रातः नाश्ते की मेज पर फिर सब लोग इकट्ठा हुए। आज शाम को ही सबको जाना था। मातंगीजी का मन उद्वेलित हो रहा था—क्या करें, क्या कहें? पहले वसुंधराजी से बात करना ही ठीक लगा। नाश्ते के बाद तीनों माताओं ने पड़ोस के मंदिर में जाने का कार्यक्रम बनाया। नीरमती-अंजना, प्रदीप और रवि घर पर थे।

मातंगी ने कालिंदीजी से राय माँगी—"हमें नीरमती का विवाह कर देना चाहिए न?"

कालिंदीजी चौंक पड़ीं, "हाँ-हाँ क्यों नहीं? मुझे तो दुःख है कि यह बात मेरे दिमाग में पहले क्यों नहीं आई?"

वसुंधराजी ने पूछा, "किस के विवाह की बात चल रही है, बहनजी?"

कालिंदीजी बोल उठीं—"हम लोग नीरमती की बात कर रहे हैं, बहन!"

वसुंधराजी का प्रश्न था—"यह विधवा तो नहीं लगती, क्या इसके पति ने इसे त्याग दिया है? कितनी भली लड़की है, निश्चय ही वह अभागा होगा। मेरी माँ कहती थीं कि जो सोने की गौर पूजती है, उसे ही अच्छी बहू मिलती है। मैं यही बात नीरमती के बारे में कहना चाहूँगी कि इसकी सास ने सोने की गौर पूजी होगी।"

अब मातंगीजी बोलीं, "अभागा ही नहीं पिशाच भी था बहन! आप सुनेंगीं तो आप का भी मन क्रोध और दुःख से भर जाएगा।"

मंदिर की चौखट पर आज कोई धार्मिक कथा नहीं, नीरमती के प्रति हुए अन्याय की कथा कही-सुनी गई। जैसे कि भगवान् की साक्षी में सुनाकर उनसे न्याय की माँग की जा रही हो।

नीरमती के पूरे यथार्थ का बयान हुआ था, केवल उसके जुड़वाँ बच्चे हुए थे, यह रहस्य छिपा लिया गया था। कालिंदीजी को अपनी प्रतिष्ठा बचानी थी और मातंगीजी को उसे बताना आवश्यक भी नहीं लगा। साथ ही अपनी सखी के प्रति वचनबद्धता की रक्षा भी हुई।

सत्य को लेकर हमारे शास्त्रों में बहुत कुछ कहा गया है। जब सत्य भाषण किसी के लिए अहितकर हो तो वहाँ असत्य भाषण या सत्य का गोपन ही धर्म हो जाता है।

मातंगीजी चाहतीं तो इस दुर्घटना को छिपाकर उसके विधवा या परित्यक्ता होने की कहानी गढ़ सकती थीं। किंतु वह चाहती थीं कि जो नीरमती का वरण करे, वह उसके यथार्थ को जानकर ही करे। यही तो कसौटी होगी उस व्यक्ति के चरित्र की, उदात्त विचारों की।

वसुंधराजी ने पूछा, "नीरमती किस जाति की है?"

मातंगीजी बोलीं, "मेरे तो मन में उसकी जाति को लेकर कोई प्रश्न ही

नहीं उठा था। वह कोइरी जाति की है, वह स्वयं बता रही थी। इसके यहाँ साग-सब्जी बोने और बेचने का काम होता था।''

कालिंदीजी ने कहा, ''हाँ, लेकिन विवाह संबंध के लिए तो जाति और कुल गोत्र का प्रश्न उठेगा ही।'' मातंगीजी का उत्तर था—''बहन! मैंने बहुत तो नहीं, पर शास्त्रों का जितना भी अध्ययन किया है, उसमें मुझे जो कुछ मिला, उसका निचोड़ यही है कि कन्या की कोई जाति नहीं होती है। वह तो जिस कुल-गोत्र में जाती है, उसी जाति-कुल-गोत्र की हो जाती है। जैसे नदी का धर्म प्रवाह है, जैसे माता का धर्म ममता है, वैसे ही स्त्री का धर्म जन्म देकर संतान के पालन का है।''

किसी दर्शनार्थी ने उनकी बात पूरी होते-होते मंदिर का घंटा बजा दिया था। सबने एक-दूसरे की ओर देखा। लगा कि यह ईश्वर के दरबार में समर्थन की ध्वनि है।

कालिंदी देवीजी भी सोच रही थीं—मैंने तो इसी अज्ञात कुल-गोत्र की संतति को अपना बनाया, पर उस समय अपनी आवश्यकता को देखते हुए ध्यान ही नहीं आया या आया भी तो मैंने उसे झटक दिया।

प्रसाद लेकर सब लोग घर आ गए। सभी को प्रसाद दिया। फिर दोपहर के भोजन की व्यवस्था होने लगी। नीरमती और अंजना ने गायत्री के साथ मिलकर सारी तैयारी कर ली थी।

तीनों बच्चे आपस में खेल रहे थे। रवि और प्रदीप भी उनके साथ मगन थे।

बीच-बीच में नीरमती बच्चों और बड़ों के लिए फल, दूध, जूस तथा अन्य स्वादिष्ट खाद्य पदार्थों की प्लेटें दे जाती थी। प्रदीप ने कहा, ''नीरमतीजी! आप तो खिला-खिलाकर हमारी जीभ की आदत खराब कर दे रही हैं। यहाँ से जाने के बाद जीभ की फरमाइश हम कैसे पूरी कर पाएँगे?''

नीरमती संकुचित होकर मुसकरा उठी। उसकी मुसकान की दीप्ति एकदम अनोखी थी, ऐसी सरल, निश्छल पवित्र हँसी कवि की कल्पना सी प्रदीप को एकदम नई लगी।

चलते समय उपहारों का लेन-देन भी हुआ। नीरमती ने दो ऊनी पुलोवर दोनों बच्चों के लिए बनाए थे। मातंगीजी से पूछकर अंगद का नया पुलोवर

प्रदीप की बेटी को पहना दिया। गोरी-चिट्टी बिटिया पर पीला पुलोवर खिल उठा।

वसुंधराजी की आँखे भर आईं। अपनी माँ के हाथ का बना तो उसके नसीब में नहीं था। नीरमती ने अपने बच्चे के लिए बुना था, पर मना करने पर भी वह कहाँ मानी? बोली, ''माँजी! मुन्नी पहनेगी तो मुझे अच्छा लगेगा। मैं दो-तीन दिन में अंगद के लिए फिर से बना लूँगी।''

प्रदीप की आँखों में धन्यवाद का भाव झलका।

कालिंदीजी और वसुंधराजी ने बच्चों को आशीर्वाद के रूप में कुछ-न-कुछ दिया। साथ ही अंजना और नीरमती को भी।

सायंकाल से रात्रि तक सभी विदा हो गए। सबको स्टेशन छोड़ने नीरमती भी साथ गई। मातंगीजी थक गई हैं, कहकर घर पर ही रुक गई थीं। पहले प्रदीप की गाड़ी गई, फिर आधे घंटे के अंतराल पर अंजना की।

गाड़ी छूटी तो नीरमती का कलेजा मुँह को आने लगा। अपने लाल से फिर न जाने कब मिल सकूँगी?

दो ही तीन दिनों में अतिथियों से भी इतनी आत्मीयता का भाव मन में जाग गया था, सोचकर भी दुःख हो रहा था कि वापस जाने पर घर कितना सूना लगेगा!

ड्राइवर ने नीरमती को पुकारा—''दीदी! गाड़ी चली गई, वापस घर चलें।''

नीरमती वापस आ गई। माँजी समझ रही थीं उसकी मनोव्यथा। उन्होंने उसे अपनी बाँहों में भर लिया तो वह फफक-फफककर रो पड़ी। जाने कब का रुका बाँध फूट पड़ा था। मातंगीजी ने उसे रो लेने दिया।

अंगद भौंचक्का सा कभी माँ को देख रहा था, कभी नानी को। दोनों दोस्त गाड़ी से जा रहे थे तो वह भी जाने के लिए रोने लगा था। ड्राइवर उसे गोद में लेकर खिलौना खरीदने दूसरी ओर चला गया था।

सभी थके थे। आज जल्दी सो गए। रात भर सपनों में यादों की रील चलती रही।

□

नैनीताल पहुँचकर प्रदीप और वसुंधराजी, दोनों ने मातंगीजी को पत्र लिखा। जो आत्मीयता और अंतरंगता आज अपने सगे-संबंधियों, परिजनों में भी दुर्लभ

हो गई है, वह आपके यहाँ पाकर हम जीवन भर के लिए आपके हो गए हैं। कभी भी हमारी कोई आवश्यकता हो तो निःसंकोच कहिएगा। अबकी गरमियों में नैनीताल में आप लोग हमारे साथ रहने आएँगे, यह वादा अभी से कीजिए।

नीरमती और अंगद के लिए भी आशीर्वाद और शुभकामनाएँ थीं। यह भी लिखा था कि अपूर्वा बच्चों को बहुत याद कर रही है और कह रही है कि फिर चलो। वहाँ से आने के बाद हमें अपना घर और भी सूना लग रहा है।

प्रदीप के सपरिवार नैनीताल पहुँचने के तीसरे दिन बाद ही विदेश से एक पत्र मिला, जो अपूर्वा की माँ का था। उसे पत्र कहना उचित नहीं, वह सरासर बदतमीजी का एक दस्तावेज था—

मिस्टर प्रदीप!

तुम अपने आप को समझते क्या हो? तुम समझते हो, तुम्हारे यहाँ विदेश में मुझे मनाने आने से या तुम्हारे पत्रों से मैं पिघल जाऊँगी और वापस उस नरक में आ जाऊँगी। तुम बार-बार अपूर्वा का हवाला क्यों देते हो? वह तुम्हारी चाहत थी, तुम्हारी माँ की तमन्ना थी और मेरी भूल थी कि मैंने उसे नौ महीने अपनी कोख में रखा। मुझे उससे कोई लगाव नहीं है, आप लोग पालिए या अनाथालय में भेज दीजिए, मुझसे कोई मतलब नहीं। तुम्हारी माँ की तो शक्ल से भी मुझे नफरत है, उन्हें देखकर तो मुझे टेंशन होने लगती है। पूजा-पाठ का दिखावा, छूत-पाँत, रसोई में नहाकर जाओ, अंडा, मीट न बनाओ, ओह! ऐसी दकियानूस बूढ़ी के साथ तो एक पल में ही मेरा दम घुटने लगता है। और तुम तो अपनी माँ के आँचल से आज तक बँधे हो, तो बबुआ बने अपनी माँ के आगे-पीछे घूमते रहो, लालीपॉप तुम भी चूसो और अपनी बिटिया को चुसाओ। और हाँ, माँ-बेटे समाजसेवा करो, कोई अनाथालय खोल लो। तुम लोगों के रोटी-पानी का जुगाड़ भी हो जाएगा। तुम माँ-बेटे में यदि तनिक भी शर्म-हया बची है तो आइंदा न मुझे पत्र लिखना, न अपनी शक्ल दिखाना।

तुम्हारे लिए मेरे पास नफरत के सिवा और कुछ नहीं।

—रजनी।

प्रदीप का चेहरा पत्र पढ़ते-पढ़ते लाल भभूका हो गया।

वसुंधराजी चिंतित हो उठीं। उठकर प्रदीप के हाथ से पत्र ले लिया। वह

भी पढ़ गईं। एक गहरी साँस लेकर पत्र रख दिया।

प्रदीप का माथा सहलाते हुए बोलीं, ''उदास न हो बेटा! तुमने तो अपनी ओर से पूरा प्रयास कर लिया। इस बात का संतोष करो और अपने मन को अब और अधिक कष्ट मत दो।''

प्रदीप ने रुँधे गले से कहा, ''माँ! मैंने रजनी के द्वारा पिता का अपमान होते देखा, माँ का अपमान होते देखा, पर चुप रहा कि शायद आप लोगों की उदारता से, क्षमाशीलता से उसका हृदय परिवर्तन हो जाए पर ऐसा नहीं हुआ। माँ! तुम्हारे और पिताजी के आँसुओं को देखकर भी अनदेखा करता रहा कि तुम्हारे पक्ष में बोल देने से वह और तूफान खड़ा कर देगी। यहाँ तक कि मैं आप लोगों से बोलता नहीं था, आपके पास बैठता नहीं था, क्योंकि वह बरदाश्त नहीं करती थी। आपके अकेलेपन का दुःख मैं नहीं बाँट सकता था घर में शांति बनाए रखने के लिए। किंतु माँ उसे तो न समाज की लज्जा थी, न परिवार की। उसने तुम्हारे साथ जो बदसलूकी की, अत्याचार किया, मैं सब जानता हूँ। माँ! तुम्हारे स्वाभिमान को भी जानता हूँ। तुम क्रोध आने पर उपवास करके कई-कई दिन स्वयं को दंडित करती थीं, यह भी मालूम है। माँ! मेरी इस उपेक्षा, मेरी कर्तव्यहीनता को तुम लगातार क्षमा करती रहीं, उसे भी तुमने बेटी बनाने की लाख कोशिशें कीं, मैं यह सब भी जानता हूँ।

''माँ! तुमने तो क्षमा कर दिया, पर मैं स्वयं को क्षमा नहीं कर पा रहा हूँ। न पिताजी की सेवा कर सका, न उनके जाने के बाद तुम्हारी चिंता और देखभाल। मैं एक ऐसी पत्थर दिल के भीतर संवेदना जगाने की कोशिश करता रहा, जो क्रूरता की पराकाष्ठा है। तुम मेरी चिंता करती थीं, मेरे लिए जलपान लाती थीं तो वह क्रोध से लाल हो जाती थी। उसे ममता की समझ ही कहाँ थी? अपनी बच्ची के प्रति क्रूरता दिखाकर उसने यह सिद्ध कर दिया। माँ! अब मैं मुक्त हो गया। अब अपनी भूल का प्रायश्चित्त करूँगा। अब मुझे संतोष ही है कि मेरी बच्ची उसके कुसंस्कारों की छाया से बच गई।''

फिर माँ-पुत्र उस दिन देर तक चुपचाप बैठे रहे। एक-दूसरे को सांत्वना देते रहे। दोनों की आँखों से उनका दुःख गल-गलकर बहता रहा।

जीवन फिर अपने ढर्रे पर चल निकला।

अपूर्वा में दोनों व्यस्त रहकर सबकुछ भूलने की कोशिश करते।

□

इधर नीरमती भी फिर से अपने अंगद और माँजी की दुनिया में लौट आई थी।

उसके लिए फार्म भरने के लिए मँगा लिया गया था। खाली समय में पढ़ती थी। मातंगीजी स्वयं उसे नियम से पढ़ाती थीं।

जैसा कि मातंगीजी ने निश्चय किया था नीरमती के गाँव जाने का, उन्होंने कार्यक्रम बना ही लिया। फिर से अपनी मित्र को बुलाकर नीरमती के साथ रहने की व्यवस्था करके वह जाने की तैयारी करने लगीं।

अचानक उनके मन में विचार आया कि ऐसे जाने पर तो सौ तरह की बातें हो सकती हैं। नीरमती के गाँव का पूरा पता तो था ही। उन्होंने अपनी एक मित्र जिला विद्यालय निरीक्षक को फोन मिलाकर पता किया कि उस क्षेत्र में इस समय जिला विद्यालय निरीक्षक कौन है।

उनकी मित्र गौरीजी ने पता लगाकर बताया और कारण भी पूछा कि क्या काम है मुझे भी बताइए न? हो सकता है मैं यहीं से कार्य करा दूँ।

मातंगीजी ने कहा, ''नहीं, मुझे तो वहाँ जाना ही है और किसी तरह तुम यदि वहाँ का कार्यक्रम बना लो तो मुझे तुम्हारे साथ का सुख मिलेगा।''

गौरीजी ने तुरंत हामी भर दी, ''मैं तो अब रिटायर होने ही वाली हूँ। तमाम छुट्टियाँ बची हैं। आपके साथ यात्रा से बढ़कर और क्या सदुपयोग हो सकता है?''

दोनों लंबे अंतराल के बाद मिली थीं। मातंगीजी की वह जूनियर सहपाठिनी थीं। पर उन्हें उनकी छोटी बहन के प्यार का हक हासिल था।

सारी बातें उनसे जानकर गौरीजी बोल उठीं—''पता नहीं उस दुष्ट को सजा मिली कि नहीं? वहाँ की डी.एम. भी महिला हैं, उनसे भी हम लोग मिलेंगे।''

जिले के डाक बँगले में उन लोगों के रुकने की व्यवस्था की गई थी। वहाँ से गाँव लगभग ३० कि.मी. दूर था।

नहा-धोकर जीप से वे लोग स्थानीय जिला विद्यालय निरीक्षिका को भी साथ लेकर गाँव के स्कूलों का निरीक्षण करने निकल पड़ीं।

जिस स्कूल में नीरमती पढ़ती थी, वहाँ की प्रधानाचार्या ने उनका स्वागत

किया और निरीक्षण की कार्यवाही पूरी होने पर वहाँ की समस्याएँ बताईं। किस प्रकार शिक्षा विभाग से मान्यता को लेकर, किसी नए विषय की स्वीकृति को लेकर संघर्ष से गुजरना पड़ता है, इन सबको संकोच के साथ बताया। उनकी बातों से लगा कि उनमें उत्साह है, गाँववालों की शिक्षा को लेकर चिंता है।

उन्होंने लड़कियों की सुरक्षा को लेकर भी चिंता व्यक्त की और बातों ही बातों में कह गईं कि कुछ साल पहले एक गाँव की लड़की का बलात्कार हुआ था। उसके पिता लज्जा से नदी में डूब मरे। वह लड़की भी कहीं मर-खप गई। उसकी तो लाश भी नहीं मिली। तब से लोग भयवश लड़कियों को स्कूल ही नहीं भेजते हैं।

मातंगीजी ने पूछा, ''उस घटना की पुलिस जाँच तो हुई होगी? कोई पकड़ा गया?''

''हाँ, जाँच भी हुई, पर पकड़ा गया उसी गाँव का एक अधपगला गरीब आदमी, जो गूँगा-बहरा था। असली मुजरिम पर तो बड़े राजनेता का वरदहस्त था। वह गूँगा-बहरा लड़का एक गरीब विधवा की एकलौती औलाद है। थाने में परेशान करने पर उसने किसी को दाँत से काट लिया तो उसे पागलखाने भेज दिया गया। लोग बताते हैं कि उसकी माँ रोते-रोते अंधी हो गई है।''

''जो लड़कियाँ चश्मदीद गवाह हो सकती थीं, उन्हें धमकी दी गई थी कि उनके साथ भी वही होगा यदि जुबान खोली तो। उन सहपाठिनी लड़कियों की जैसे-तैसे शादी करके ससुराल भेज दिया गया। इस तरह लड़कियों को शिक्षित करने की सरकार की महत्त्वाकांक्षी योजनाएँ कागजों पर पूरी हो रही हैं और हम सब चुपचाप देख रहे हैं।''

प्रधानाचार्या कल्याणी देवी का दुःख और आक्रोश उनकी वाणी तथा चेहरे दोनों से व्यक्त हो रहा था।

एक अध्यापिका ने कहा, ''हमारी प्रधानाचार्या दीदी को भी तो धमकी भरे संदेश आए थे। चुपचाप नौकरी करो, नहीं तो तुम्हारा भी पता नहीं चलेगा कि कहाँ गई। लेकिन हमारी दीदी डरी नहीं और न अपना यहाँ से तबादला कराया। आज भी ये गाँवों में जा-जाकर लड़कियों को शिक्षित करने के लिए सबको प्रेरित करती हैं। पर लोगों के मन में जो दशहत है, वह इतनी जल्दी समाप्त होनेवाली नहीं।''

मातंगीजी ने कहा, ''मैं उस गाँव में जाना चाहती हूँ। उन दोनों पीड़ितों के परिजनों से मिलना चाहती हूँ। उस लड़की ने हाईस्कूल भी यहीं से किया था क्या?'' 'हाँ' का उत्तर मिलने पर वह बोलीं, ''क्या उसका प्रमाणपत्र उसके घरवाले ले गए या यहीं पर पड़ा है, दिखवा लीजिएगा। यदि केस फिर से उठाना है तो उस प्रमाणपत्र की जरूरत पड़ सकती है।''

प्रधानाचार्याजी ने एक अध्यापिका को यह कार्य सौंप दिया।

□

थोड़ी ही देर में वे सब नीरमती के गाँव पहुँच गए।

एक सुदर्शन किशोर चारा काट रहा था। दरवाजे पर जीप रुकते देख हकबका गया।

कहीं फिर कोई पूछताछ करने तो नहीं आया? जब से बप्पा और दीदी मरे कोई-न-कोई दीदी के बारे में पूछने आ ही जाता है कि तुम्हारी दीदी का पता चला क्या? माँ तो कहती है—दीदी मर गई। फिर क्यों लोग पूछने आते हैं? जो मर गया, भला उसका पता कैसे चल सकता है?

जीप से प्रधानाचार्याजी और उनके साथ दो और भद्र महिलाओं को आते देखकर उसे ढाड़स बँधा कि ये लोग सरकार की किसी योजना के संबंध में आई होंगी या डॉक्टर होंगी, जाँच करने आई होंगी।

उसने बाँस की चारपाई बिछा दी। एक तख्त पहले से पड़ा था, उसे अपने गमछे से पोंछ दिया। एक मूँज का मोढ़ा लाकर रख दिया। उसे संकोच हो रहा था बैठने के लिए कहने में। जिसका जिस पर मन होगा बैठ जाएगा।

मातंगीजी ने पूछा, ''बेटा! क्या नाम है तुम्हारा?''

''जी! राजमणि।''

''अपनी माताजी को बुला लाओ बेटा!''

नीरमती की माँ की गौरांग क्षीण काया वैधव्य के रीतेपन और दुःख के क्रूर निशानों के साथ सामने आकर खड़ी हो गई। वही सुतवाँ नाक, बड़ी-बड़ी आँखें। नीरमती को जिसने एक बार देखा हो, वह पहचान जाएगा कि यह उसकी माँ है।

मातंगीजी ने उससे तख्त पर अपने पास बैठने को कहा, पर वह नीचे जमीन पर बैठ गईं।

मातंगीजी ने पूछा, "आपके कितने बच्चे हैं?"

एक लड़की पास में खड़ी थी, उसकी ओर और लड़के की ओर इशारा कर दिया, बोली कुछ नहीं।

मातंगी ने कहा, "मैंने आपकी बड़ी पुत्री और पति के बारे में सुना। हमें बहुत दुःख है। क्या आपकी बेटी को ढूँढ़ने की कोशिश की गई।"

वह आँचल मुख पर रखकर रोने लगी। "कौन करता कोशिश, बहनजी! सबने कहा कि बाप की तरह वह भी किसी नदी नाले में समा गई होगी। मेरी बिटिया हीरा थी, बहनजी! उसके बाप उसी के दुःख में चले गए। मैं अभागिन इन दोनों बच्चों के मोह में मर भी नहीं सकी।"

उनका विवश रुदन सभी को रुला गया।

मातंगीजी ने चुप कराया। दोनों बच्चे भी रोने लगे थे। गौरीजी ने उन्हें सँभाला। माँ शांत हुई तो बच्चों को पास बुलाकर मातंगीजी ने पूछा, "स्कूल जाते हो?"

दोनों ने 'नहीं' में सिर हिला दिया।

उनकी माँ बोलीं, "बिटिया को डर के मारे स्कूल नहीं भेजा। इसके लिए लड़का ढूँढ़ रही हूँ, यह विदा हो जाए तो गंगा नहा लूँ। बेटे की पढ़ाई तो छूट ही गई। बाप के न रहने पर इसी बेचारे पर खेत-बारी का बोझ पड़ गया। थोड़ा बहुत काम चलाने भर को कर लेता है।"

मातंगीजी ने बच्चों से कहा, "हम तुम्हारी दीदी को ढूँढ़ेंगे। उसकी कोई फोटो हो तो हमें दे दो। मिल जाएगी तो लेकर आऊँगी।"

बच्चे खुश हो गए। सच! हमारी दीदी वापस आ सकती हैं क्या?

मातंगीजी ने माँ की ओर देखा, वह घबड़ा सी गई थीं, बोलीं, "कहाँ मिलेगी वह? और मिल भी गई तो गाँव और बिरादरी के लोग उसे जीने नहीं देंगे। इन दोनों के भी शादी-ब्याह में अड़चन डालेंगे। हमारी भोली-भाली बिटिया के साथ जिसने अत्याचार किया, उसका फल भगवान् उसे देंगे।"

मातंगीजी को लगा कि अभी सबके सामने नीरमती के जीवित होने की सूचना देना उचित नहीं है। हो सकता है, अपराधी उसके और परिवार के लिए खतरा बन जाएँ। पर अकेले में माँ से बताना जरूरी है। उन्होंने लघुशंका के लिए उनके घर के भीतर जाना चाहा।

नीरमती की माँ उन्हें लेकर अंदर गईं। आँगन में तुलसी का चौरा और उसपर नीरमती के हाथों की बनाई अल्पना थी।

मातंगीजी के आँगन में भी अमरबेलवाली वैसी ही अल्पना नीरमती ने बनाई थी।

एकांत में मातंगी ने जमुना को पकड़कर कहा, ''आपकी बेटी मेरे पास है, सुरक्षित है। उसके प्यारा सा बच्चा भी है, यह देखिए दोनों की फोटो। आप चिंता न करें।''

फोटो देखकर माँ अपनी रुलाई रोक नहीं सकी। फफक-फफककर रोने लगी।

मातंगीजी ने उन्हें गले से लगाकर ढाड़स बँधाया।

उन्होंने दो हजार रुपए उन्हें देते हुए कहा, ''अपने और बच्चों के लिए कपड़े खरीद लेना। यह मेरा पता है, जब आने का मन हो, आ जाना और इसी में मेरा फोन नंबर है। हमें आने की सूचना दे देना। मैं स्टेशन आकर आपको ले जाऊँगी।''

अभी अगर आपको डर है तो आप कहाँ जा रहीं हैं, यह किसी को नहीं बताइएगा। बिटिया को साथ ले आइएगा। इसे यहाँ अकेला छोड़ना ठीक नहीं।

मातंगीजी बाहर आ गईं। वे सब वहाँ से उठकर उस दुःखी माँ को देखने गईं, जिसका बेटा पागलखाने में बिना किसी जुर्म के सजा काट रहा था।

उस दुःखी माँ को ढाड़स देकर उसे भी कुछ रुपए दिए। उसके पास तो खेत भी नहीं रह गया था। बेटे को छुड़ाने के लिए खेत गिरवी रखा। थाने में सब पैसा भी खा गए और पागलखाने भेजकर अपने आप को मददगार भी साबित कर दिया कि हम तो छोड़ ही चुके थे, पर उसने हिंसा की इसलिए उसे पागलखाने भेजा गया।

उसके घर पर काफी लोगों का जमावड़ा हो गया था। स्कूल की बहनजी लोग और बड़ी अफसरजी लोग आईं हैं यह देखकर।

तमाम औरतें अपना दर्द, अपना अभाव बताना चाह रही थीं।

मातंगीजी सोच रही थीं, तमाम एन.जी.ओ. सरकार के अनुदान की भारी भरकम रकम लेकर चल रहे हैं, पर जहाँ जरूरत है वहाँ कुछ नहीं हो रहा है। इस दिशा में भी सोचना होगा।

पहले तो डी.एम. साहब से मिलकर इस निर्दोष को पागलखाने से मुक्त कराने की कोशिश करनी होगी। लगता है, मुझे यहाँ फिर आना पड़ेगा।

वे लोग वापस लौटने लगे तो नीरमती की माँ ने अपने खेत की ताजी सब्जियाँ, गुड़ और चबैना, चिड़वा की पोटलियों से भरा थैला उन्हें थमा दिया। बहनजी! आप लोगों के लायक हमारे पास देने को कुछ नहीं है। आपके नौकर-चाकर खा लेंगे तो भी हमें संतोष होगा। हमारे यहाँ घर आए मेहमान को खाली हाथ विदा नहीं करते।

तमाम औरतें घूँघट निकाले, बच्चों को गोद में लिए, तमाम लड़कियाँ-लड़के फटे-पुराने या अनफिट कपड़े पहने जीप के पास खड़े थे।

मातंगीजी का मन भर आया। लगा कि यह उनका अपना गाँव है, जहाँ से लोग उन्हें भावभीनी विदाई दे रहे हैं। उनकी श्रद्धापूरित आँखें, विस्मय विमुग्ध आँखें, आदर और स्नेह से, उत्कंठा से भरी थीं। लगा कि सब में प्रश्न हैं, फिर कब आएगीं? लगा कि कह रही हों—'फिर आइएगा।'

उन्होंने राजमणि को समझाते हुए कहा, ''हिम्मत न हारना, बेटा! तुम पर बहुत बड़ी जिम्मेदारी है।''

वापस मुख्यालय आकर मातंगीजी ने जिलाधिकारी से बात की। वह भी उत्साही महिला थीं। पर महिला होने के कारण उनके कार्य में तमाम बाधाएँ डालने की कोशिशें होती थीं। उनकी ईमानदारी और निष्ठा लोगों के लिए चुनौती थी। पर वे अपनी कर्तव्यनिष्ठा के साथ उस माहौल में भी जूझ रही थीं।

उनकी लिखित शिकायतें हो रही थीं। अखबारों में उनके विरुद्ध लिखा जा रहा था। पर उनका हार न मानना और हर परिस्थिति में काम पूरा करने का हौसला काफी लोगों की नींद हराम कर रहा था।

मातंगीजी ने अपना परिचय दिया और अपने आने का उद्देश्य बताया।

जिलाधिकारी ने उन्हें आश्वासन दिया—मैं फाइल मँगवाकर देखूँगी और चाहे कोई भी हो, सजा तो उसे मिलेगी ही। पागलखाने में बंद निर्दोष लड़के को भी मैं मुक्त कराऊँगी। एक ही चिंता है कि इतने दिन पागलखाने में रहकर कहीं वह सचमुच मानसिक संतुलन न खो बैठा हो। पर आप विश्वास रखें, मैं प्राइवेट मानसिक चिकित्सक से जाँच करवाकर उपचार करवाऊँगी। मैं आपकी आभारी हूँ कि आपने मुझे यह जानकारी दी। यह केस मेरे यहाँ

आने से पहले का है। पर मैं इस केस की तह तक जाने की कोशिश करूँगी।

''वैसे क्षमा करें मैं आपसे जानना चाहती हूँ कि आप इतनी दूर से आकर इस केस के बारे में इतनी रुचि क्यों ले रही हैं?''

मातंगीजी के लिए यह असमंजस का क्षण था कि नीरमती के अपने पास रखने की सूचना दें कि नहीं। ये आई.एस. ऑफिसर बहुत चतुर होते हैं। इसी का उन्हें प्रशिक्षण दिया जाता है कि दूसरों से बात उगलवा लें, पर अपनी सारी जानकारी गोपनीय रखें।

मातंगीजी भी अनुभवी प्रशासक थीं। अपने विद्यालय की अध्यापिकाओं और हर साल आने-जानेवाले हजारों विद्यार्थियों को अनुशासन में रखने का कठिन दायित्व निभा चुकी थीं।

उन्होंने मुसकराते हुए उत्तर दिया—''महोदया! आप मेरी बेटी जैसी हैं, आपको बेटी संबोधन दूँ तो आपके पद के अनुरूप औपचारिक शिष्टाचार (डेकोरम) तो जरूर भंग होगा, पर आपका उत्साह और तेज देखकर ऐसा मेरा मन हो रहा है।''

जिलाधिकारी सुषमाजी मुसकराईं—''माँजी! मैं इन सब औपचारिकताओं को प्रशासन में बाधा मानती हूँ। हम जनसेवक हैं और न्याय करने के लिए तथा सच को जानने के लिए आत्मीयता का सहारा लेना मैं आवश्यक समझती हूँ। आपसे बेटी संबोधन पाकर मुझे गौरवबोध होगा।''

अब मातंगीजी बोलीं, ''यह जान लीजिए कि मैं उसके परिवार को जानती हूँ और उनकी सहायता करके उन्हें न्याय दिलाना चाहती हूँ। आप इस कार्य में सफल हों, इसके लिए मैं आपकी सहायक ही रहूँगी। मुझे किसी से बैरभाव नहीं है, जिसे फँसाने में मेरी रुचि हो। शायद आपकी आशंका यही है न?''

सुषमाजी मुसकराईं—''ठीक है, मैं समझ गई कि आपके पास ऐसी जानकारी है, जिससे हमें लक्ष्य पाने में सफलता मिल सकती है। मैं आपको आश्वस्त करती हूँ कि मैं अपना कार्य करूँगी आप उपयुक्त समय पर अपनी जानकारी का लाभ हमें स्वयं देना चाहें तो दें।''

मातंगीजी ने सुषमा के नमस्कार में जुड़े हाथों को थामकर आशीष दिया—''ईश्वर आपको विषमताओं से जूझने और सफल होने की शक्ति देता रहे।''

मातंगीजी वापस वाराणसी लौट आईं। अब उन्हें लगा कि अभी नीरमती का नाम कमला ही रखना उचित होगा। उसे सुरक्षा की आवश्यकता है।

इसलिए उन्होंने पहला काम किया कि कालिंदी और वसुंधराजी के घर फोन करके नीरमती नाम गुप्त रखने का अनुरोध किया। उसे कमला नाम से ही जाना जाए, यही उसके हित में है।

उन्हें याद आया कि नीरमती ने बताया था कि कालिंदी माँजी ने अस्पताल में मेरा नाम अंजना और पति का नाम रवि लिखवाया था। उन्हें संतोष हुआ कि यह भी अच्छा ही हुआ।

नीरमती आतुर और उत्सुक थी अपने परिवार का हाल जानने के लिए। माँजी ने उसे सारा हाल ब्योरेवार बताकर कहा, "अच्छा हुआ जो तू वहाँ नहीं गई। अभी वहाँ जाने का समय नहीं आया है। पर मुझे विश्वास है कि वह समय आएगा अवश्य।"

नीरमती ने माँ का दिया हुआ झोला खोला। पोटलियों में बँधी गाँव की चीजों ने जैसे उसकी स्मृति की गठरी भी खोल दी थी।

वह सहेलियों के साथ चना का साग और बथुआ खोंटने जाना, घर से नमक लेकर जाना और साग खोंटकर खेत में खाना, बथुआ खोंटना और कोंइछा भर जाने पर घर लौटना। बड़े-बड़े सिकहुले (डलिया) में छीमी (मटरफली) तोड़कर लाना और उसे छीलकर घुघरी बनाकर सबको परसकर देना, साथ में गन्ने का रस। वह सब अमृत जैसा स्वाद शहरवालों के नसीब में कहाँ?

माँ का दिया आम पापड़ देखकर याद आया, आम की बगिया रखाने जाना। जब आम भदरा जाता था तो दौड़-दौड़कर बीनते-बीनते थककर बैठ जाती थी। गड़बड़ा (मिट्टी खोदकर पेड़ के नीचे आम रखने का गड्ढा) भर जाता था तो झोला में आम भरते समय कितना सुख मिलता था। माल्दहवा, सेन्हुरहवा, करियवा, टोंडरवा, लोढ़ौवा, बिसहिनवा, कितने-कितने तो नाम होते हैं देसी आमों के और उतने ही अलग-अलग स्वाद।

वह होरहा (डंठल सहित हरे चने को भून करके) का सोंधा स्वाद, वह उम्मी (गेहूँ की हरी बाली को भूनकर निकाला गया गेहूँ) का दूधिया स्वाद; सबकुछ कितना अनोखा होता था।

गाँव अब कैसा होगा? वह जानती थी कि माँजी सब हाल फिर स्वयं विस्तार से बताएँगी। अभी यात्रा से लौटकर मातंगीजी पहले स्नान करेंगी, फिर कुछ खाएँगी-पिएँगी।

वह नहाने गईं, उसके पहले ही नीरमती ने उनके कपड़े, साबुन, गरम पानी सब स्नान घर में रख दिया।

कहीं से भी लौटकर अपने घर आने का सुख तो होता ही है, नीरमती के आ जाने से वह सुख और बढ़ गया था। पहले आती थीं तो बंद घर खोलकर अकेले भीतर आने पर मन उदास हो जाता था, लगता था कि घर काटने को दौड़ रहा हो, पर अब घर घर लगने लगा था।

मातंगीजी नहाकर लौटीं। चाय पीने बैठीं तो नीरमती ने माँ के भेजे हुए सामानों में से थोड़ा उनके सामने रखा। उन्होंने खूब स्वाद लेकर खाया।

वह बोलीं, ''तुम्हारी माँ को बोल आई हूँ, वह जल्दी ही आएँगी। तुम्हारा हाईस्कूल का प्रमाणपत्र भी प्राचार्याजी से निकालकर रखने के लिए कह आई हूँ। यदि मिल गया तो तुम्हें सीधे इंटर की परीक्षा दिलाऊँगी, अभी तुम्हारा फार्म नहीं भराऊँगी। अभी तुम्हारे यहाँ रहने की बात गुप्त ही रखनी होगी। इसी में तुम्हारी और तुम्हारे परिवार की भलाई है।''

□

कालिंदीजी थोड़ा चिंतित हुईं कि क्या जरूरत है मातंगीजी को गड़े मुरदे उखाड़ने की? जाने क्या मुसीबत आ जाए? उन्हें यह भी चिंता होने लगी कि कहीं बात खुलते-खुलते जाँच में मेरे पोते की बात भी न खुल जाए। उन्होंने मातंगीजी को फोन किया—''क्या जरूरत है यह सब करने की? कहीं उसकी जिंदगी में फिर कोई तूफान न खड़ा हो जाए।''

मातंगीजी का उत्तर था—''ऐसे तो डर के कारण कभी अन्याय का विरोध नहीं होगा। दुष्टों के हौसले और बढ़ते जाएँगे। आप चिंता न करें। ईश्वर सदैव सच का साथ देते हैं।''

कालिंदीजी की जुबान पर अपनी चिंता आ ही गई—''कहीं बच्चों की…''

मातंगीजी ने कहा, ''वह सब मेरे ऊपर छोड़ दीजिए। आप चिंता न करें। मैं सब सँभाल लूँगी।''

पर कालिंदीजी का मन आशंकाओं से घिरा ही रहा।

□

प्रदीप को एक सेमिनार में विदेश जाने का आमंत्रण मिला। पर समस्या थी कि माँ और छोटी बिटिया को किसके सहारे छोड़े। माँजी के घुटनों में तकलीफ रहती हैं, पहाड़ की सर्दी और ऊँची-नीची चढ़ाई।

उसने सोचा कि नहीं जाएगा। पर जाने की इच्छा तो थी ही।

बहन भी आ पाने में असमर्थ थी। उसकी सास के पाँव में फ्रैक्चर हो गया था। उनको छोड़कर एक घंटे के लिए भी वह कहीं नहीं जा सकती थी।

ठीक इसी समय मातंगीजी का फोन आया था कि नीरमती नाम को गुप्त रखा जाए। प्रदीप उस समय ठीक से कुछ समझ नहीं पाया था। इस समय अपनी उलझन में मातंगीजी से बात करने का उसका मन हो आया। उसने फोन मिलाया।

फोन नीरमती ने उठाया। बोली, ''माँजी स्नान कर रही हैं। अभी आपसे बात कर लेंगी।''

उस शिष्ट मधुर स्वर में जाने कितनी आत्मीयता थी कि प्रदीप सोचने को विवश हो गया कि स्त्री के कितने रूप होते हैं? अपनी पत्नी के कटु वचन ऐसे समय में उसके सामने खड़े हो जाते। उसने फोन रख दिया।

मातंगीजी को प्रदीप के फोन आने की सूचना मिली तो तुरंत फोन मिलाया।

प्रदीप ने नाम की गोपनीयता के बारे में प्रश्न नहीं किया, क्योंकि इस बीच वसुंधराजी ने उसे नीरमती की कष्टकथा संक्षेप में सुना दी थी।

मातंगीजी ने हाल-चाल पूछा और दूसरा प्रश्न किया—''इस समय क्या लिख रहे हो?''

प्रदीप ने बताया कि पेपर तैयार कर रहा था, सेमिनार में जाना था, पर अब नहीं जा रहा हूँ। प्रदीप ने अपनी समस्या बताई।

मातंगीजी ने पूछा, ''कब जाना है?''

प्रदीप ने बताया, ''अगले महीने में।''

मातंगीजी ने कहा, ''तुम्हारी समस्या कोई समस्या है ही नहीं। अब तुम माँ-पौत्री को मेरे पास भेजकर निश्चिंत होकर जा सकते हो। मैं इधर इस केस में व्यस्त होने के कारण नहीं आ सकती, नहीं तो हम लोग ही वहाँ आ जाते। इधर गाँव से भी कुछ लोग आनेवाले हैं।''

प्रदीप ने कहा, ''मैं माँ से बात करके आपको फोन करूँगा।''

प्रदीप ने अपनी माँ को बताया तो उन्हें कुछ संकोच होता देख प्रदीप चुप हो गया।

थोड़ी देर बाद ही फिर मातंगीजी का फोन आया और उन्होंने स्वयं वसुंधराजी से बात की।

वसुंधराजी ने, बेटे की उदासी कम हो जाएगी, यह सोचकर संकोच के साथ हामी भर दी और कोई विकल्प भी तो नहीं था।

प्रदीप एक नए उत्साह से अपनी तैयारी में जुट गया। उड़ान से तीन दिन पहले उसे दिल्ली पहुँचना था, दूतावास से वीजा आदि लेने के लिये।

इसलिए एक सप्ताह पहले वह माँ और अपूर्वा को लेकर वाराणसी आ गया। एक दिन रुककर दूसरे दिन वापस लौट गया। यहाँ पर इन लोगों को पहुँचाकर वह बहुत निश्चिंत हो गया था।

वसुंधराजी बोलीं, ''बहन! आपको मेरी एक शर्त माननी पड़ेगी। मैं यहाँ मेहमान की तरह नहीं, घर की सदस्या के रूप में रहूँगी। इसलिए अतिथि सत्कार की औपचारिकता आप नहीं करेंगी।''

मातंगीजी ने खुशी-खुशी शर्त मान ली।

अंगद और अपूर्वा दोनों ही खूब खुश थे। नीरमती ने दोनों बच्चों को सँभाल लिया।

□

नीरमती को रोज अपनी माँ के फोन की प्रतीक्षा रहती। एक सप्ताह बीत गया, कोई फोन नहीं आया तो वह निराश होने लगी। नहीं आएगी माँ। उसे छोटी बेटी के लिए भय होता होगा।

मातंगीजी ने जिलाधिकारी सुषमाजी को फोन किया।

उनका नाम सुनते ही उन्होंने प्रणाम किया और बोलीं, ''फाइल आज ही मेरे पास आई है। फाइल खो गई थी। थाना इंचार्ज के सस्पेंड होने की धमकी देने पर मिल गई है। पर कुछ लोग टोह में हैं कि आप कौन हैं? कहाँ से आई थीं? सत्तारूढ़ दल के विरोधी दल ने सी.आई.डी. जाँच का आदेश तो नहीं दिया है। आप निश्चिंत रहिए, पर सतर्क भी।'' प्रणाम करके फोन रख दिया गया था।

उधर गौरीजी ने जिला विद्यालय निरीक्षिका से पूछताछ की तो पता चला कि विद्यालय में और गाँव में कौन महिलाएँ आई थीं और क्यों ? इसकी पूछताछ करने कई लोग आए थे।

स्थानीय चुनाव में हारे हुए एक नेताजी ने प्रधानाचार्या कल्याणी देवीजी से कहा, ''देखिए, मैं भी आपकी मदद करूँगा, मैं भी चाहता हूँ कि आपके विद्यालय का यह मामला फिर से उठे और सत्तारूढ़ दल की पोल खुले। मध्यावधि चुनाव में इस केस को मैं स्वयं उछालूँगा।''

किंतु कल्याणीजी ने यही उत्तर दिया कि महिलाओं के खिलाफ हो रहे अत्याचारों को लेकर महिला आयोग काफी सक्रिय है और हो सकता है, उसी संबंध में वे लोग आई हों। मुझे उनके बारे में कोई जानकारी नहीं है। हमारे तो विद्यालय का निरीक्षण करने आई थीं और हमारे क्षेत्र की निरीक्षक ने निरीक्षण किया।

दूसरे दिन एक पत्रकार महोदय जिला विद्यालय निरीक्षिका के पास पहुँच गए। हम आप से उस विद्यालय की छात्रा के केस के बारे में जानना चाहते हैं। क्या आपको नहीं लगता कि उस लड़की के साथ न्याय नहीं हुआ ?

उन्होंने उत्तर दिया—''हाँ, मैं मानती हूँ।''

''तो आप हमें बताइए कि इस केस में इस समय क्या होने की उम्मीद है ? हम यह स्टोरी छापेंगे, ताकि पीड़िता को न्याय मिल सके।''

''क्या आपको नहीं लगता कि उसकी लाश नहीं मिली तो हो सकता है कि वह जीवित हो और वे महिलाएँ उसके बारे में जानती हों ?''

जिला विद्यालय निरीक्षिका ने कहा कि मैं तो अपने नियमित निरीक्षण के सिलसिले में गई थी। संयोग से हमारी सीनियर की मित्र उनके साथ आ गई थीं तो सब लोग साथ चले गए। इससे अधिक और मैं कुछ नहीं बता सकती, क्योंकि मैंने उनके बारे में जानने की कोशिश नहीं की।

वह सज्जन गौरीजी से भी मिले। वहाँ से भी उन्हें कोई खास सुराग नहीं मिला। गौरीजी ने मातंगीजी को सारी सूचना दी।

उस क्षेत्र में एक सुगबुगाहट जगी है, जैसे राख के ढेर में से कोई चिनगारी अचानक चमक उठे।

नीरमती की माँ के यहाँ भी लोग जानने के लिए आए। इसीलिए उन्होंने

अपना आने का कार्यक्रम नहीं बनाया। यह डर था कि कहीं कोई पीछा करते हुए वहाँ न पहुँच जाए और मेरी बेटी की जिंदगी में कोई और तूफ़ान न आ जाए।

वसुंधराजी के आ जाने से मातंगीजी को एक सुविधा यह हो गई कि वह घर छोड़कर कहीं आ-जा सकती थीं।

जिलाधिकारी सुषमाजी का फोन आया कि क्या आप यहाँ आ सकती हैं? मुझे आपसे कुछ बात करनी है।

उन्होंने गौरीजी को फोन किया और बताया कि मैं अबकी अकेली ही जा रही हूँ। आपको जरूरत पड़ने पर सूचित करूँगी।

मातंगीजी के पहुँचने पर सुषमाजी ने उन्हें पहली सूचना यह दी कि पागलखाने में रखे गए उस लड़के को मानसिक चिकित्सक ने परीक्षण करके सिद्ध कर दिया है कि वह पागल नहीं है और जिला अस्पताल के चिकित्सक ने भी यह सिद्ध कर दिया कि वह जिस अपराध के लिए बंदी बनाया गया था, उस अपराध के वह काबिल ही नहीं है।

अब असली अपराधी का पता चल गया है, पर वह सत्तारूढ़ दल के नामी-गिरामी नेता का खास संबंधी है। जानते हुए भी कोई भी भयवश उसके विरुद्ध गवाही नहीं देगा। किंतु विरोधी दल ने उसके खिलाफ गवाह तैयार कर लिये हैं।

पत्रकारों ने भी इसे कहानी के रूप में मिर्च-मसाला लगाकर छापना शुरू कर दिया है। नदी में एक मादा कंकाल मिला है, जिसके बारे में लोगों का अनुमान है कि वह नीरमती का ही है।

चारों ओर से दबाव बढ़ता देखकर नेताजी ने अपने उस रिश्तेदार से संबंध विच्छेद कर लिया है और कह दिया है कि मेरा उससे कोई संबंध नहीं है। यह जानकर और नौकरी जाने के भय से वह असहाय हो गया।

संदेह के आधार पर उसे बंदी बना लिया गया है। उसने अपना अपराध स्वीकार कर लिया है। और कहा है कि वह लड़की यदि जीवित होती तो मैं उससे विवाह कर लेता। मैं उसके और उसके पिता की मृत्यु के हरजाने के रूप में उसके घरवालों को अपनी जायदाद बेचकर जो भी आदेश हो, देने को तैयार हूँ।

जिलाधिकारी ने कहा कि आजकल न्यायालय में मामले इतने विलंबित होते हैं और वकीलों के प्रश्न इतने अश्लील और शर्मनाक होते हैं कि पीड़ित महिला या उसके परिजनों को इतनी मानसिक यातना झेलनी पड़ती है कि वह धैर्य खो देते हैं। अत: नीरमती जब रही ही नहीं तो ग्राम पंचायत में इस मामले को रखकर उसके परिवार को हर्जाना दिलवा दिया जाय और उसे जेल के सुधारगृह में भेजकर सुधरने का अवसर दिया जाए। आप यदि मेरे विचारों से सहमत हों तो···।

मातंगीजी ने कहा, ''आप जैसी सोचवाले प्रशासक हों तो हमारे समाज का नक्शा ही बदल जाए। बेटी! आपने जिस तत्परता के साथ इस केस को देखा और निपटारे का उपाय सुझाया, उससे मैं अभिभूत हूँ और आज मैं आपसे जो बताने जा रही हूँ, उसे सुनकर आप मुझे जो राय देंगी वहीं मैं करूँगी।''

सुषमाजी मुसकराई—''माँजी, नीरमती जीवित है न?''

'हाँ' कहकर मातंगीजी ने सुषमाजी के हाथ थाम लिये। दोनों महिलाओं की आँखों में उस नीरमती के प्रति गहरी संवेदना के जल बिंदु थे।

सुषमाजी ने कहा, ''माँजी! आपकी कोख से नीरमती नें पुनर्जन्म लिया है। उसका जीवन आप जैसा चाहे निखारें। पहले की नीरमती को मृत ही रहने दीजिए।''

मातंगीजी ने कहा, ''नहीं बेटी! यहाँ मैं संशोधन करना चाहूँगी। उसे मृत नहीं, लापता रहने दीजिए, यही सच भी है।''

सुषमाजी ने कहा, ''आपका संशोधन सिर-माथे पर।''

सुषमाजी मातंगीजी के साथ नीरमती के गाँव गईं। पंचायत ने फैसला सुनाया—''अपराधी वीरेश अपनी पाँच बीघा जमीन नीरमती की माँ के नाम कर दे। बाकी सजा जो कोर्ट दे उसे भुगते। उस अकारण दंड भोगनेवाले गूँगे-बहरे लड़के की रेहन रखी जमीन छुड़वा दे और एक बीघा अपनी जमीन भी उसकी माँ के नाम कर दे।''

□

मातंगीजी लौट आई। नीरमती की माँ से कहकर आई थीं कि आप अगले महीने में आइए, पर अपनी बेटी से नहीं, मेरी बेटी से मिलने।

घर के अंदर दोनों सगी बहनों की तरह गले लग गई थीं।

सुषमाजी ने हँसते हुए सैल्यूट मारकर मातृशक्ति को जय हिंद कहा।

बाहर डी.एम. साहब का स्टाफ था, भीतर एक संवेदनशील भारत की बेटी के रूप में जिलाधिकारी भावुक हो उठी थीं।

मातंगीजी ने सुषमाजी से कहा, ''मुझे एक नहीं, दो बेटियाँ मिल गई हैं। अपनी इस माँ के घर कब आओगी?'' माँजी मैं अवश्य आऊँगी और जल्दी ही।''

□

मातंगीजी घर लौटीं तो उनकी प्रसन्न मुद्रा से सभी आश्वस्त हुए।

पूरी बात सुनकर नीरमती की आँखें भर आईं। माँजी जैसी स्त्री क्या कोई और होगी? मेरे दुर्भाग्य ने मुझे माँजी के रूप में इतना बड़ा वरदान दे दिया, अब मुझे और कुछ नहीं चाहिए।

विदेश से प्रदीप के फोन आते। अपूर्वा की खुशी उसकी भोली बातों से झलकती। माँ का संतोष उसकी वाणी में महसूस होता और मातंगी माँजी का उत्साह झलकता रहता।

प्रदीप वहाँ की जीवन-शैली के बारे में बताता और कहता कि किसी देश में पहुँचे बिना उसके बारे में केवल पढ़कर धारणा बनाना उचित नहीं। वहाँ के लोग अपने देश के प्रति कितने निष्ठावान् और ईमानदार हैं, परिश्रमी हैं, इनके गुणों का अनुकरण हम नहीं करते। हम पश्चिम की संस्कृति को एक खास नजरिए से वहाँ बैठकर देखते हैं और कहते हैं कि उसके प्रभाव से हमारा देश बरबाद हो रहा है। पर हम यह नहीं सोचते कि इसमें दोष हमारा ही है कि हम अच्छाइयों को ग्रहण नहीं करते।

□

एक महीने का समय बीत गया। प्रदीप स्वदेश लौट रहा है। जापान की संस्कृति और वहाँ के लोगों के सद्व्यवहार से प्रभावित प्रदीप की डायरी में तमाम संस्मरण, सूत्र अंकित हैं कि विस्तार से स्वदेश पहुँचकर लिखूँगा।

प्रदीप का भारत से जाते समय का चिंतित मन लौटते समय उत्साह से भरा था। ढेरों उपहार लेकर लौट रहा था—मातंगी माँजी के लिए, माँ के लिए, अपूर्वा और अंगद के लिए तथा नीरमती के लिए।

सबको उपहार मिले।

मातंगी माँजी से वसुंधराजी ने एक दिन कहा था—''मुझे आपसे ईर्ष्या हो रही है कि आपको घर बैठे नीरमती जैसी बेटी मिल गई। अपने प्रदीप और उसकी बेटी के जीवन को ऐसी ही लड़की के हाथों में सौंपकर मैं निश्चिंत हो सकती हूँ। काश ऐसा हो पाता। पर ये जाति-बिरादरी, नाते-रिश्तेदार ऐसा नहीं होने देंगे।''

मातंगीजी बोली, ''यह जाति-बिरादरी, नाते रिश्तेदारी के लोग उस समय आपका साथ देने आए थे जब आपके परिवार के साथ अन्याय हुआ, जब आपने अपने जीवन साथी को खोया?''

वसुंधराजी आह भरकर बोलीं, ''सच कह रही हैं आप। लोगों ने तरह-तरह के ताने दिए थे। कहा था कि एक ही की गलती नहीं होती। जरूर इन लोगों ने बहू को सताया होगा, तभी तो नन्ही सी बेटी को छोड़कर बेचारी चली गई। वरना कोई भी माँ बिना बड़ी मजबूरी के ऐसा नहीं कर सकती।

''हमारे परिवार के लोग भी हमारे समधी के पास सहानुभूति प्रकट करने गए और अभी तक वहाँ उनका आना-जाना है।''

''तो फिर आप स्वयं सोचिए कि ऐसे लोगों की चिंता करके हम अपने को क्यों कष्ट दें?'' मातंगीजी ने कहा।

''पर क्या नीरमती तैयार हो जाएगी?''

''वह मेरी बेटी है, मुझ पर उसे पूरा भरोसा है।''

''मैं प्रदीप से बात करूँगी, आप भी समझाइएगा।''

''बहनजी! चिंता न करें, समय सब घाव भर देता है और नए द्वार खोलता है।''

प्रदीप ने नीरमती को साड़ी का पैकेट थमाते हुए कहा, ''पता नहीं आपकी पसंद क्या है? पर न भी पसंद हो तो भी मेरा मन रखने के लिए स्वीकार कर लीजिएगा।''

दोनों के नेत्रों का मौन संभाषण दोनों माताओं ने देखा और अनुभव किया कि समय ने अपना काम शुरू कर दिया है।

दूसरे दिन प्रदीप अपनी माँ और बेटी को लेकर वापस जानेवाला था।

अचानक सुषमाजी का फोन आया—''माँजी! मैं आपके शहर में एक मीटिंग में आई हूँ। अभी थोड़ी देर में पहुँचूँगी, आप को असुविधा तो नहीं होगी?''

''बेटी के आने पर असुविधा? यह आप प्रशासकवाली औपचारिक भाषा बोल रही हैं डी.एम. साहिबा!''

''नहीं माँ! आप की सुषमा अपनी माँ और बहन से मिलने आ रही है।''

मातंगीजी की इस सूचना से घर में आनन-फानन में स्वागत की तैयारियाँ होने लगीं।

सुषमाजी अपना स्टाफ और सरकारी गाड़ी नहीं लाई थीं बल्कि अपने एक सहपाठी की व्यक्तिगत कार से आई थीं।

स्वागत और परिचय के बाद नीरमती को भर आँख निहारती सुषमाजी ने कहा, ''मैं तुम्हारी ऋणी हूँ, तुम्हारे कारण मुझे एक माँ मिली।''

अपने सहपाठी मुकुंदजी का परिचय कराती हुई सुषमाजी के मुख पर स्वाभाविक संकोच की लालिमा थी। वह बोलीं, ''माँजी, इन्हें ठीक से देख लीजिए। आप 'हाँ' करेंगी तभी मैं इन्हें उत्तर दूँगी। इनकी नियुक्ति यहीं पर हुई हैं, मेरे बैच के ही हैं। यह मुझे आपके शहर में लाना चाहते हैं।''

मुकुंद मातंगीजी के पैर छूने के लिए झुके। मातंगीजी ने उन्हें उठा लिया—''ईश्वर इस जोड़ी को सदा सुखी रखे।''

उन्होंने प्रदीप से उन लोगों का परिचय कराया और सुषमा से धीरे से बोलीं, ''अपनी बहन के लिए इन्हें पसंद करो तो बात करूँ।''

सुषमा हँस पड़ी—''यानी माँजी के दोनों हाथों में लड्डू होंगे एक साथ।''

प्रदीप से सुषमा और मुकुंदजी बात करते रहे। वसुंधराजी प्रदीप की बेटी और अंगद को साथ लेकर आईं। सबको देखकर बच्चे संकुचित होकर जल्दी से बाहर चले गए।

प्रदीप के व्यक्तित्व और विचारों से सुषमा-मुकुंद भी प्रभावित हुए। मातंगीजी को आँखों से ही अपनी सहमति की प्रसन्नता देती हुई सुषमा ने नीरमती का चेहरा थाम लिया—''ईश्वर इस निष्कलुष चेहरे को सदा प्रसन्न रखे।''

सुषमा ने विदा माँगी और तिथि तय होने पर सबको अवश्य आना है, यह वचन लिया।

मातंगीजी ने उनसे और कुछ देर रुकने के लिए कहा। अभी एक जरूरी निर्णय में आप दोनों को शामिल होना है।

प्रदीप से मातंगीजी ने कहा, ''प्रदीप! आपने अपनी पसंद का उपहार दिया।

मैंने सिर-माथे लिया। मैं आपको अपनी पसंद का उपहार देना चाहूँ तो मना तो नहीं करोगे?''

प्रदीप को आभास हो गया था कि ऐसा कुछ प्रस्ताव आएगा। कल माँ ने जो भूमिका बाँधी थी और कहा था कि मातंगीजी की भी यही इच्छा है, उससे प्रदीप समझ गया था।

उसने विनम्रतापूर्वक कहा, ''आपकी पसंद के उपहार योग्य मैं यदि स्वयं को समझ सका तो अवश्य सिर-माथे लूँगा।''

मातंगीजी ने नीरमती को ममता भरी आँखों से देखते हुए कहा, ''मैं अपनी बेटी नीरमती का हाथ आपको देना चाहती हूँ, स्वीकार है?''

नीरमती भौंचक्की सी खड़ी थी। क्या कह रही हैं माँजी?

प्रदीप ने नीरमती की ओर देखकर कहा, ''आपकी बेटी यदि अनुमति दें तो अवश्य।''

नीरमती सिर झुकाए अपने पाँवों के नाखून धरती में धँसा रही थी। ऐसा लगा कि वह जानना चाह रही हो कि वह धरती पर खड़ी है, सपना देखती हुई कहीं आकाश में तो नहीं उड़ रही है। क्या मेरे ऐसे जीवन की कोई राह बची है? जिसे लोग सुखी जीवन, सौभाग्य का जीवन कहते हैं, जिसके लिए बड़े आशीर्वाद देते हैं। ओह माँ! मुझे सँभालो। उसे लग रहा था कि उसे काठ मार गया हो और उसकी वाणी उसके वश में नहीं है।

सुषमाजी समझ गईं कि यह लड़की किंकर्तव्यविमूढ़ावस्था में है। वह उसके पास पहुँची। उसके दोनों कंधे पकड़कर पुकारा—''नीरमती! उधर देखो, प्रदीपजी तुम्हारी इच्छा जानना चाहते हैं।''

नीरमती को लगा कि डूबते के हाथ में किसी पेड़ की शाखा आ गई है। वह सुषमाजी के कंधे पर भहरा सी पड़ी और केवल 'दीदी' कह सकी। फिर तुरंत सावधान हुई। ठीक से खड़ी हुई और वापस मुड़ गई।

मातंगीजी ने सबको बैठ जाने को कहा। बोलीं, ''उसके लिए यह सब अप्रत्याशित था, उसकी कल्पना से परे था। उसे सँभलने के लिए एकांत में कुछ समय चाहिए।''

नीरमती ने ठीक से अपना मुख धोया-पोंछा, बाहर चलने को हुई, पर लज्जा से उसके पाँव बँध से गए।

मातंगीजी ने पुकारा—''नीरमती! तुम्हारी दीदी जा रही हैं।''

उसे अपना संकोच छिपाने का एक बहाना मिल गया। वह बाहर आई और सुषमाजी का कंधा छूकर धीरे से बोली, ''मेरे आँसुओं से गंदा हो गया होगा।''

सुषमाजी मुसकराईं—''आँसुओं से गंदा नहीं होता। गंदगी और दुःख धुल जाते हैं और फिर नीरमती के निर्मल आँसू…।'' कहकर उसकी ठोढ़ी पकड़कर उसे ऊपर उठाया।

नीरमती के चेहरे पर हँसी खिल गई। जैसे ओस से नहाए फूल पर सूरज की पहली किरण पड़ी हो। उसका मुखमंडल मुस़कान से दीप्त हो उठा। आज प्रदीप के साथ सभी ने देखा कि नीरमती सचमुच कितनी सुंदर है।

सुषमाजी ने प्रदीप की ओर देखकर कहा, ''प्रदीपजी! आपको उत्तर मिल गया। मैं अपनी बहन की ओर से बोल रही हूँ—दूल्हा कुबूल है।''

सब लोग हँस पड़े। नीरमती लाज से सिर नहीं उठा पा रही थी। हाँ, सबकी हँसी में उसकी मुसकान जुड़ गई थी।

□□□